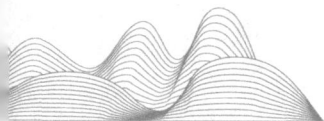

书韵书香

亚讯 著

中国民族文化出版社

北京

图书在版编目（CIP）数据

书韵书香 / 亚讯著 . -- 北京 : 中国民族文化出版
社有限公司，2023.6
ISBN 978-7-5122-1697-6

Ⅰ . ①书… Ⅱ . ①亚… Ⅲ . ①诗集—中国—当代②散
文集—中国—当代 Ⅳ . ① I217.2

中国国家版本馆 CIP 数据核字（2023）第 110701 号

书韵书香
SHUYUN SHUXIANG

作　　者	亚　讯
责任编辑	钟晓云
责任校对	李文学
出 版 者	中国民族文化出版社　　地址：北京市东城区和平里北街 14 号
	邮编：100013　联系电话：010-84250639　64211754（传真）
印　　装	三河市龙大印装有限公司
开　　本	710mm×1000mm　16 开
印　　张	10.5
字　　数	173 千
版　　次	2023 年 11 月第 1 版第 1 次印刷
标准书号	ISBN 978-7-5122-1697-6
定　　价	55.00 元

代　序

乌热尔图

　　这里一度是荒凉、静寂的土地，关于她的久远形貌无人能够保存隔代的记忆。当你站在旷野眺望远古，空旷中传来的是隐而不见的扎赉诺尔古人的叹息；当你的视线还能触及那位于悬崖之下的冰冷的早已断绝了烟火的鲜卑人石窟，能给人以实感的应该包括那覆盖着杂草的元代古城。毫无疑问，这一片由纯净的湖泊与清透的河流珠联、被广阔的草原与繁茂的森林环抱的土地，确确实实孕育过大大小小的有声有色的活剧。我们后来人无权挑剔历史的沉寂，责怪她逍遥了漫长的时空，竟蜕变为一条隐形长河，藏身在起伏的荒沙之下。应该说，在这一片土地上，连接着那沉寂的历史是丛林里的土著游猎部族的漂移不定的篝火，还有荒原上牧人们的低沉忧伤的悲歌。这里的历史以残片的方式遗赠给后来人，那是以不同的群体的生存经验为主线，多色彩的、具有多种发展可能性的富有想象的空间。

　　最初，为这一片土地增添一份有形的记忆，开拓一个形象的视觉，增加一种心灵声音的时间标记，我们有理由划定在（20世纪）50年代。对于飘逝的50年代，我们以祭奠和虔诚的心境，称其为名副其实的新生的年代。在那荣耀的年轻母体中孕育的生命，无不具有新生儿的初始特征：单纯有如潺潺的清泉，热情恰似炭火焰焰。从整体上说，那是一个崇尚感恩、赞美生命、赞颂母体的年代，在那述说不尽的晨光中，叩响你耳鼓的是百灵鸟童谣般缠绵的重唱。那是追逐思维的单纯而失却健全的年代，那是达成茫然的热情而失却深沉的年代，那是确立精神的依附而失却自立的年代。那稚嫩的年代，在崇敬她的每一个渴望生长的心灵上烙下了易于识别的胎记。

我们所立足的这一片土地，是以两个纯净的湖泊命名的。对于后来人说，那用来区别于其他方位的名称已无可选择，它的音色朴实无华，无时不在暗示和感召的是大自然博大雄浑的形体。这对于那些敏感于鉴赏和观察、怀有创新意愿的心灵来说，是无声的呼唤。最初回应那呼唤的是一个富有勇气、敏感的心灵，他以鲜活的文字勾勒生活的剪影，并竖起了既受时代束缚又突破时代局限的创作大旗。几经风雨，几番起落，如同一棵挺立于山岭上的育龄母树，迎风摇动着枝叶，在和煦的阳光下播撒新的籽粒。这是一位令人敬重的坚韧的拓荒者，在一片未开垦的处女地肩负了播种者的使命。他的名字一定不会被诞生在这一片土地上的迷恋艺术、追求创造的后来人遗忘。即使不在这个短文中提及他的名字，更多的人也一定会想到那是冯国仁先生。有一首歌从（20世纪）50年代起，在这一片土地上被人们咏唱至今，它的词与曲诗意重合，接近了完美，这就是广为流传的《草原晨曦圆舞曲》。这是脱胎于呼伦贝尔大地的艺术精品，是勤奋的艺术家对那无时不在感召的大自然的回报，是对飘荡在草原上源自牧人心底的具有永恒生命力的民歌升华。这首歌曲代表了作曲家那日松先生，以及那些富有才华的同代艺术家的审美追求。这无疑是相互影响、互为认同的审美趋向，成为一代人争相追逐的艺术焦点。它告诉我们，那是对草原、山川、河流，那柔美侧影的临摹，表达的是对淳朴、坚韧的牧人们，以及他们所代表的地域文化的敬重。我们甚至可以说它是诗化的自然，象征着饱满的童心，是激情盎然的青春期的完整塑型，是陶醉于田园风光，忘却身后忧愁，销蚀自我的优雅定格。从中我们感受到的是自然形态下，远离工业文明的宁静；是思念故土、渴望花好月圆的甜美；是面向世界、敞开心扉时，准备承受骚动的通俗曲调；是狂躁的摇滚乐冲击前的最后一首田园牧歌。真应该感谢富有才华的艺术家，为我们饱经忧患的一代奉献的令人陶醉的、富有幻象的单纯的美。

时间的脚步在这一片土地挪至（20世纪）70年代的时候，一个奇妙的现象出现了，几乎在一夜之间，一个个散在的艺术创作群体蠕动了，他们如同秋雨浸润的真菌，在那晴朗的早晨，悄悄地在草滩、在山岗、在一些并不引人注目的角落冒出了头。没过多久这些新的生命体，伸展开了双手，又开双足，挺直脊梁，站立在呼伦贝尔的沃土上。如何评价这使人多多少少感到措手不及、感到意外的创作生力军呢？他们的实力如何？他们的品位是高是低？他们的耐力是长是短？这是一些只有感兴趣的人才会有兴趣的话题。对于这些，我们在这里给定一个贴切的回答还为时太早。但还是需要指出，这支以中青年为主的创作力量，保持了可敬的劳动者的本色，他们勤于耕作，甘洒大把的汗水，无心他顾，瞩目于遥遥在望的仲秋时节的收获。他们中间的一些优秀代表，在知识的滋养中挣脱了旧有的偏见与因袭的重负，以良好的心态滋润着平稳而自由的心境。他们的视野变得开阔，具有了穿透狭小的地域空间的能力，在开掘本土之时，借他山之石以攻玉。他们的感官触觉真真切切地触摸到了艺术的母题、人的历史、想象的本源。他们多彩的画笔为清寂的自然勾勒出了灵魂，使那灵魂闪烁理性的光亮。从某种意义上说，这是一条靠自身力量滚动前行的河流，在它羞涩的河道上已经出现了可预见的重重弯道、浅滩，跨越障碍而不泯灭生命，只能凭借其超远的意愿，还有甘于寂寞、百折不回的信念。当然，那不时倾洒下来的雨露与光照，必将使它在一朝一夕变瘦弱为丰厚，变彷徨为奋进，变迂回为腾越，保持不可松懈的一泻千里的冲力。

我们在这里以轻松的笔调勾画短短的数年间，出现在这片一度偏僻、清寂的土地上的文化现象，有一种动力性的因素不能不提及，那全新的、散在的、充满活力的创作群体的涌现、聚合、生长、成熟，从某种意义上讲，与植物群落的荣衰有着极为相似之处，那暖湿相宜的气候的主导、那须臾不可相离的光照，由此连锁的光合作用，是新生命的催产素、生长液。谈到这里，不能不使人怀着敬佩的心情想起一位已离职的前辈，他曾以宽敞的胸怀、远见的目光，向这易于被人们淡忘的行当，投注过来足够的温暖与关怀。虽说那只是阳光的折射，但那一道道折射过来的阳光曾暖人心肺，让人铭记。他曾在这一片土地上，以建设者的姿态创建、操持多项事业，他就是人们熟识的李兴唐同志。我们可以说，那是值得用文字来记忆的富有责任感的形象。

为这一片丰饶的土地进行建设性的劳作，而不是单纯地攫取、遗留苦痛；在这一片富有灵性的土地注入有益的记忆，是为数众多的人的美好意愿。

　　耕作吧，甘于沉默的播种者，这是来自阳光下最好的祝愿。

注：

　　此"代序"原文最初为内蒙古呼伦贝尔盟（市）文联编辑的《呼伦贝尔文艺家名录》一书"前言"（1993 年 11 月 17 日定稿），1994 年 3 月，由内蒙古文化出版社出版。

目 录
CONTENTS

第一辑 诗 歌

关于人与诗的思索 002

思 念 004

七 月 006

深圳拾零（外一首） 007

观一幅《无题》画片有感（外一首） 009

我在友情中徘徊（外一首） 011

怀 念 013

感谢六月的那个雨天 014

你说你来（外一首） 016

真诚（外一首） 018

爱的简析（外一首） 019

梦 021

回眸你…… 022

你是……（外一首） 026

流传的是人情（外一首） 031

记得也是一种感恩 033

生活随感 036

第二辑　散　文

著名作家徐迟小记 042

著名作家柯蓝与中国散文诗 046

向市场深处走去 052

沙头角一瞥 054

森林礼赞 057

无雪的松林 060

秋日偶拾 063

龙门风光 066

一个父亲写给自己孩子的絮语 068

重逢是首歌 071

楷　模 074

生活中体现人素质的几段小故事 080

漫谈同学聚会 085

根河纪行 091

亲历医事暖心医者漫忆 102

学海无涯笔做舟 110

笔会纪事 112

书韵书香 131

关于祖国 140

森林断想 142

第三辑　小　说

晚　风 144

再见了心中的橡树 147

后　记 153

第一辑　诗　歌

关于人与诗的思索

爱诗的人怎会不读诗
读诗的人焉能不懂诗
学着作诗才相信
静物能行走
树木能说话
石头很含蓄
渐渐地，人多了敬仰追求
于是，作诗的人乐此不疲

谁能讲清从哪年哪天起
为诗动情流泪的人少了
并非秀才遇见了兵
而是物动暂时掩住了心动
诗人们也尴尬起来
因此，世界上又多了
诗能延年益智穿越时空的美好传说

后来有一天
诗人在距离寺庙不远的地方
竟见到有两个身披袈裟的人
 一个捧着中国佛学禅语典籍
一个捧着仓央嘉措的诗集
木鱼声声诗声琅琅
真美真美真美
其实，正因为诗真美

人间诗意才无处不在且延绵不绝

诗言志也言情
生活自有诗意
人读诗书气自华
诗人写诗铸厚道
更厚道的应是人诗意地活着

思 念

思念是恼人的
苦恼是孤独的
是侏人
思念是美好的
美好是宠爱的
是幼婴
思念是清贫的
清贫是朴素的
是僧人
思念是丰沃的
丰沃是土地的
是财富
思念是期待的
期待是迷惘的
是雾霭
思念是梦幻的
梦幻是自由的
是飓风
思念是连绵的
连绵是美妙的
是诗篇
思念是清冷的
清冷是凄凉的
是秋雨
思念是甜蜜的

甜蜜是热烈的
是火焰
思念是时间的
时间是宇宙的
是永恒

注：

　　本文原载《青年微型文学作品集》，由共青团吉林省委主办的青年月刊杂志社 1991 年 3 月编辑出版。1992 年，此诗歌获"第二届华夏青少年写作大赛优秀作品奖"〔华夏文化促进会主办；中华文学基金会、中国写作学会、中国报告文学学会、中国修辞学会、中国文章学研究会、中华全国新闻工作者协会、《人民日报》、《光明日报》、鲁迅文学院等 101 家单位（团体）联合参办；一些时任国家领导人以及冰心、穆青、秦牧、张锲、魏巍、乔羽、柯岩、浩然、徐怀中、韩作荣、刘绍棠、蒋子龙等文化名人和著名作家为本届大赛题词〕。此诗文另被收入《1993 年迷你诗历》，海天出版社出版。

七月

七月蓬勃清新
七月充满阵痛与魅力
一九二一年七月
中国诞生了一个党
从此，七月更加丰富

七月的风
选择了七月里的故事
传递着七月里的壮举
渐渐地，七月溢满了哲理和英明

七月里的诗
七月里的歌
七月里的风景
都是七月的心迹

七月来了
敬仰在阳光下涌起

注：

本诗文原载《迎97香港回归抒怀——同庆集》丛书，第19页，1996年12月出版（四川省都江堰市文化局编印）。1993年12月，曾获纪念毛泽东一百周年诞辰"尧乡杯"全国诗文大赛优秀奖（《北方诗报》、河北隆尧文化馆联合举办）。还获得"2012年时代颂歌全国诗歌散文大赛"一等奖（中国解放区文学研究会、北京市写作学会举办）。

深圳拾零（外一首）

无须从国贸大厦俯瞰
无须讲沙头角的奇特
与深圳湾的壮观
仅普通市容的亮丽和清新
便足使人激动和惊叹
沉默了千年的黄土地
终于舒展和沸腾

东方
一个精气神永恒
古老文明的国家
再度年轻、红润和爽朗
从此
中华民族不再蹒跚

深　圳

阳光、大厦、车流、人群
赤橙黄绿青蓝紫
在这里汇集、涌动
顿时
自己被朝气、恢弘和鲜艳俘虏
精神竟也无法突围

后来
一位曾在延安窑洞中走出来的
老前辈平静地对我说——
深圳不难理解
深圳也并不陌生

注：

　　本诗文原载《芒种诗文报》期刊 1994 年第 1 期（辽宁省沈阳市文学艺术界联合会芒种杂志社出版），并获"芒种全国诗歌大赛"二等奖。2014 年 11 月，另获"第三届时代颂歌全国诗书画影作品大赛"一等奖（中国萧军研究会、北京市写作学会举办）。

观一幅《无题》画片有感（外一首）

——题赠画片作者蒙茜

草青树绿
幽幽的曲径上
漫步着一位妙龄女子
画片上的景物很迷人也很浪漫

瞧吧——
画片中，树旁那幢别致的
小木屋
不知它是一所家园
还是一个驿站
再看，画中那女子手里持的
是一把折断后的伞呢
还是一支突然滑落了帆的桅杆

悠然，我仔细地再看
画片上的树木是两株
小木屋门前的脚印是两人

随 想

你每一次远行
都是我梦的开始
梦中醇美香甜

梦中人忽近忽远

你归来的日子

我却满怀悒悒

怎么也高雅不起

咫尺天涯

现实残酷

想对你表述的语言

却要写上他人的名字寄出

但愿有一天我不再这样含泪潇洒

注：

本诗文原载《芒种诗文报》期刊 1995 年第 2 期（辽宁省沈阳市文学艺术界联合会主办）。

我在友情中徘徊（外一首）

——题赠文友 X.T

手中还捧着昨日你写下的诗笺
却又闻悉今日你为我祈祷的和弦
——歌谣、风铃、祈语
此刻，凡是曾在我内心储藏的
所有关于你的底片
都渐渐地愈显生动、丰满和多姿

于是，我骤然滋生了一种
喜悦与目不暇接的感觉
但我依然要告诉你——
我愿接受你为我的祈祷
同时，也为你祈祷
从此，我想让心中更多的
美好语言环绕你
从诗到歌、再从歌到诗
——就这样飞翔

即使很久、很久以后
溅落的是日子
飘落的是雨
滑落的是泪滴
无法遗落的
却是对你鲜明的记忆

因此，我觉得总会有一种
更微妙的感觉
将在彼此间漾来漾去

默默独白

——致读者雪莹

面对面陌生
背对背熟悉
浪漫多情的女孩
从此，友情就这样搁置和停留在
这片淡雅清香的枫叶上

曾经的风景
又回到信笺中
成为标本
我会铭记
你与你的信笺给予我的温馨

注：

　　本诗文原载《跨世纪新诗人组诗选珍》丛书第 76 页（内蒙古文化出版社 1997 年 10 月出版）。

怀 念

传说总是美丽的

现实却异常朴素

落叶纷飞的季节

才感到自己的幼稚

原来愿望与期待并不同步

曾经饱满的寄托

转瞬已成依稀

等候成为永久

亲情、友情、爱情

无论哪一种缘分

没有感情的语言也是忧伤

在心音得不到反馈的时候

我的情感只有无奈地

纷纷向纸张聚集

注:

本诗文原载《中国第四代诗人诗选》丛书（此书编委会顾问：冰心、臧克家、巨浪）。

感谢六月的那个雨天

——致梅雪

六月的那个雨天
在小镇的大街上邂逅你
那一刻
我心如止水你目不窥视
彼此凝视的双眸
却溢满惊喜渴望
也包含双人的呼唤
关切温馨默契和谐……

岁月依稀不重复
人间依依喜重逢
故事美妙贵传神
庆幸你来时我在
天人合一总相宜

十年光阴薄风稠雨煎熬苦
却没能袭扰我心底的长情
也没能浸染你端庄的容颜
我倍感欣慰，也深受鼓舞
风正宜扬帆，好雨知时节
雨滴润泽街边树木的景致
竟成为你我相见的奢侈点缀

至今，每每快播往年你我的故事

彼此间心灵共鸣相濡以沫的情景
依然品质醇厚，且清爽鲜亮如初
还衍生出了特别清纯鲜活的情愫

不言初衷不改
但我无法不说
确是你撑着伞飘逸前行的身影
吸引着殊途徘徊的我
重新漫步在林场那条幽静的小路上
唐诗云，"留得残荷听雨声"
吾亦曰，留得寒梅闻雪音
雨润语甜雪白血红初恋再度沐浴
因而，我感谢六月的那个雨天

你说你来（外一首）

——致梅雪

渴望你来
你说你来
我美好的思绪悄然疯长
不想营造超凡脱俗的氛围
只想重温陌生而熟悉的情景

在我洪荒贫瘠的人生净土上
你是第一朵含苞绽放的玫瑰
人是有情物
情漫漫人曼妙
两情相悦风生水起
凤凰涅槃浴火重生
恰好你来
只有你来……

你归来后

你归来后
真挚如初
我感动不已
不说重续前缘
但说重拾旧谊

你嗔怪道"找过我吗"
我歉疚地呢喃：没有……
其实，何尝不想呢
何止是想而是不能
我一直坚信
真的爱绝不是索取
常态下爱就是给予
弱势时爱则是不扰

为我你羞涩地
敞开唯一的深闺秘境
为你我初次爆表青春
你给予的珍贵沐浴
我非常珍视与感激
在这个世界上
我真的很轻渺
激活爱情却难养活爱人

曾经沧海难为水
心中有爱特豪迈
只要你能过得好
我内心才会真正地欣慰

真诚（外一首）

真诚非常重要
有了真诚才拥有自己
人真诚才美丽

真诚似金金不换
真诚似玉玉晶莹
真诚是人的底蕴

我们只要真诚
爱也珍贵
恨也珍贵

谦　谨

谦谨是人应有的品质
心灵如深沉的土地
情感像饱满的种子
耕耘总是静悄悄的
偶尔，也有几枚成熟的果实
可喜悦我从不愿表白在脸上

爱的简析（外一首）

爱不是模糊空旷的
是形象内核皆优的
是女人温柔的目光
是男人宽厚的胸怀
是人与人之间的亲切微笑
是生活中美轮美奂的温情

爱不是停滞静止的
是人洋溢甜蜜的互动
是心灵间贯通的默契
是懂得理解珍惜包容
是关注关切关照关心关怀
是周瑜黄盖式的特殊伤害

爱不是荒芜贫瘠的
是羡慕思念追求依恋
是信任寄托担当奉献
是给被爱者尊严自由
是在对方人格上找到自己
是生命间一份难言的美好

爱与不爱都在生活里成像
爱与不爱都有航迹与轮廓
爱可能遇见通透的心灵
爱可能遇见美丽的容颜

不爱也许只是望见一副尊容
溺爱也许只是看见一组器官
真爱难觅，若爱请深爱厚爱
人间真爱不亚于仙界的神明

"清澈的爱，只为中国"
为国戍边英勇牺牲的士兵陈祥榕写的
这句誓言令国人特感动特震撼特共鸣

梦

人皆有梦
梦中，会有晴空白云微风
也会有日蚀海啸山崩
只要生命还在
梦总要衍生

梦有圆缺
梦可取的是轮廓愿景
梦可弃的是幻觉险境
不担心有人把梦作为生活参照
不担心有人悄悄访古叩问周公
却忧虑有人总是白日做梦
却忧虑有人总是嗜梦唯梦
又将梦视为人生

做梦时人总不那么清醒
醒来时应甄别诱导诱惑
既然人皆有梦
我们就应勇于担当
共同筑梦圆梦
努力把美好的梦变成美好现实

注：
    本文原载《青年文学报》总第 12 期第三版（特刊），1994 年 11 月出版（由位于北京的
中国艺术研究院《诗人世界》编辑部组稿）。

回眸你······

——赠答才女蒙晓慧

回眸你——
北国春城那株特雍容的君子兰是你
琴棋书画歌舞编导皆通的才女是你
七服崇智正业驰骋名企高层的是你
善良真挚思想丰富灵魂高贵的是你
外表淡定内心宛若玫瑰绚丽的是你
读省刊征文后憧憬非凡爱情的是你
北上兴安岭而非"北上广深"的是你
用生活与生命架构诗与远方的是你
我非常渴望祈望能笑到最后的是你

回眸你——
十年信鸽风花雪月风景的高端是你
隔空依屏守候望穿秋水的伊人是你
铁骑金马沐雨栉风沧浪之水的是你
阳春白雪"人面桃花相映红"的是你
下里巴人后庭润色补缀点睛的是你
我那么那么用心用情却亏欠的是你

回眸你——
曾经坦言称赞大俗大雅观点的是你
用智力体力写人生传奇故事的是你
情不自禁坠入柏拉图式情网的是你
恪守"仁义礼智信""五常"的是你

"醉酒"发声误判忠贤而逆行的是你
我特别特别感恩又爱慕牵挂的是你……

（蒙晓慧题赠作者的二首诗）

想你（外一首）

所有等你的花都已开过
前前后后的日子全是寂寞
满地落花又撕碎了一个春天
浓浓淡淡、纷纷扬扬
凋谢过后也没给现实留下开阔
依然是默默
依然是蹉跎

你走在我的心里
让阳光、风和土地一起
把我的爱像种子一样折磨
不要抱怨自己犯了什么错
因为思念注满的时候
爱很脆弱

爱是一个人最神圣的隐私
梁祝是神话、西厢是传说、红楼是梦
如此是因为爱是两个生命之间的秘密
爱是萍水相逢
在你全然不知的时候已突然走近你
太阳一样地对你微笑
你发现这样的微笑是你今生今世看到的最美的风景

它穿透了你使你有中弹之感
你却常常地感谢上帝以这种方式恩赐于你
只要你活着爱就是你永远的未来

我的泪水是与心灵触动有关
我的图片是与心绪相连
我的诗文总和真情有关
我的精神与心态与我的生活没有什么遭遇！
我只是想对得起我自己
却不是想寻找所谓寄语
但愿你的生活按照你的生活轨迹继续前行，
不要辜负爱你、关心你的人，要把握住！

2010 年 11 月（作者：蒙晓慧）

活着的人总喜欢听传说

相思树下
躺着一个永不再醒来的女人
这多情的女人有太多的梦要做
春天匆匆走过
少女纯真匆匆走过
拥有了一个家庭
仍忘不了扬花纷纷的时刻
偶尔与潇洒的星期六相逢
十八岁的梦又浮出《蓝色的多瑙河》
为了那销魂一瞥
爱已等得太多太寂寞
无意流芳百世

只求今宵浪漫
迟迟开放的玫瑰悄然凋落
无人计较这样的结果
本应站成望夫石却倒在了相思树下
活着的人总喜欢听传说

2010 年 11 月 2 日（作者：蒙晓慧）

你是……（外一首）
——赠答女友于小钰

你是小镇最美　靓女之一
不是下凡仙女　倾国倾城
却是民间龙女　冠压群芳
不是闭月羞花　沉鱼落雁
却是明眸皓齿　肤若凝脂
不是宽额浓眉　体态丰满
却是柳腰细眉　气质如兰
不是风情万种　仪态万端
却是巧笑倩兮　温婉钟情
不是水性杨花　胸空若竹
却是上善若水　傲骨如松
不是知识渊博　气势如虹
却是视书为宝　心灵芬芳
不是天鹅凌云　超凡脱俗
却是天生丽质　人情通透
不是大家闺秀　才艺头筹
却是小家碧玉　秀外慧中

你是娉娉袅袅楚楚窈窕的女士
你是跻山海爱我最真的女子
你是跨时空爱我最深的女友
你是跃世俗爱我最重的女人
你是懂我的"人间四月天"

我对你说……
——赠答女友于小钰

我对你说——
相识前
自己心目中欣赏
书香女子芬芳浪漫之美
水乡女子温润柔和之美
齐鲁女子端庄典雅之美
塞外女子豪爽壮丽之美
相识后
我欣赏你足矣

我对你说——
有人多次看见
你出现在哪里
都会被飞梭般的视线"目击"
有正视有环视有瞄视有窥视
这些非但没击伤你
却灼伤窥视的眼球
你仿佛是小宇宙有引力更有定力

我对你说——
记得最初邂逅时
你我的目光充满审视凝视透视
宛若量子磁场共振或射电暴效应
眼界与眼力脉冲广度聚焦
思想与思考交流深度融合
情感与情愫互动温度双升
行为与行程航迹经度叠加

三观与三观同步高度共识
彼此仿佛小火山潜能爆棚

我对你说——
你曾倾诉过爱我的小理由
爱上，缘于遇见
也许爱屋及乌
却与颜值无关
而是欣赏眷顾
炯亮目光读过的书
老茧双手做过的工
清澈心灵走过的路
坚贞信仰与家国情怀淬炼过的魂
尽管对你的理由不能都高度认同
但是，我不能不敬畏你的洞察力

我对你说——
敢爱挚爱非年轻人专利
敢说自己真的甚是爱你
彼此拥有是生命的璀璨
"曾经沧海难为水"
苍生"精灵"沐我心
你嫣然一笑赐爱
我怡然一生陶醉

我对你说——
品质气质潜质神韵情韵风韵皆具
幺妹曾劝你"相中'他'不般配"
"他"也觉得幺妹所言确有道理
但是你只领情不认同还义无反顾

因而被你爱上我更感到自豪荣幸
双栖，无条件心甘情愿全力宠你
众聚，从不炫耀你百般善解人意
炫耀也是对爱情的亵渎与软暴力
如磐稳健也免得惹人羡慕或嫉妒

我对你说——
自己从不后悔爱你
更想说非常感谢你
值得深爱的人是你
为爱泅渡波澜很酷
一度相爱一生相思

我对你说——
兴安篝火送丽人
滨城渔火迎异客
超市海马留不住
林城 E 区惠民生
联目联羽比翼鸟
双游双栖似鸿雁

我对你说——
相见时难别亦难
八年又见如初见
相见又见却诀别
大喜大悲痴情人
怎能不衷肠寸断
既然大爱非天意
天妒佳人更不该
戊戌美女成"仙女"
故乡冰雪伴君眠

遗憾惆怅怀念如血
在心中未淡而更浓……
"天堂"的你依然温婉如初

（女友于小钰读赠作者的一首诗）

我读你听——（一首）

我不后悔曾经爱过
更不后悔被你爱过
很短暂的幸福
拥有就足够了

人只有舍得才会快乐
为了一生最爱的男人
我情愿变成最笨的女人
谢谢你给我的爱

在我的内心里
你是我的唯一
不要怪我对你做过的
好好照顾自己
这是我的心愿

那时的心跳明显加快
仿佛地球已停止转动
此刻我仍然坐立不安
激动不已……

2006 年 11 月 17 日（电话录音整理）作者：于小钰

流传的是人情（外一首）

人是有情感智慧的高级生物
人间任何一种情谊缘分
皆需要真挚坦诚的心态
旧情新情短情长情
人生无论哪种情缘
都不罕见爱不能恨不能

审视考察是自卫
疑虑徘徊是自耗
人应正视历史现实和自己
珍视珍惜一切美好的事物
世界上没有久驻的青春
也没有永恒的生命
不老的是岁月
流传的是人情

我也想你……

调走后发帖子你说——
"……想你，相信么？"
郑重的心告诉你——
我深信不疑，绵绵的真意
热切的如炽的目光与绯红如云的脸颊
庆幸，这确已凝固成脑白金与汉白玉

多年后站在面前你说——
"……愿意为你效劳，真的"
我感动万分，也醉入沉思
山花在室内几度烂漫几近枯萎
笃定的心告诉你——
四季盛开的花，贵的是花蕊更是品质
再美的花我都不会擅自地摘取花瓣
欲舍不愿，欲罢不能是人情的高境界
"预警机"般护卫捍卫，你不懂我不怪
愿嫁的那个人家里善待你，户外不瞒欺
你若安好就是旖旎与奇迹
尽管迄今我也无法不想你
但依然若无其事远离
真的不苛求未来花季
因为，我无法报答土地
我也想你，且如风如虹如雨如雪……

记得也是一种感恩

话说感恩
感恩报恩是人们文明素质的缩影
所谓的"感恩节"不应是日历的某一天
"感恩节"理应为每年每月的每一天
古语云"常怀感恩之心，常念相助之人"
我恪守，且是珍存内心的永久"座右铭"

话说感恩
我非珍珠只是可传递热折射光的钢珠
曾经长时间在浓烟灰尘荆棘中搏奔
有人说伯乐不常有
您却在芸芸众生的消防员中荐用列兵
于是我把工作当成事业干没有辜负卿
我虽没明说您是谁
心里却记得您是谁
衷心感谢您

话说感恩
百姓家办婚礼向朋友借款应急是常态
您却总催促我快点借，而且说还有现金
石头心的人也会感动不已，况且我还不是
我虽没明说您是谁
心里却记得您是谁
衷心感谢您

话说感恩

弱者家婚丧嫁娶工是天大的事，帮就是天大的忙

在同一个小镇生活工作萍水相逢充其量是文友

您在男娃子婚礼前夕提供了宾馆的两间客房

您用"执子之手"才子之口义务主持了婚庆

您用兄弟家的旅店解决了婚娃亲属的住宿难

您一心"二意"为职工分忧解难办两件大事

我虽没明说你们是谁

心里却记得你们是谁

衷心感谢你们

话说感恩

常言道，单位孤单的人不易得到领导同事关照

您同情同理同助鼎力把娃的工作平稳转型

您多次进值班室不以领导的语气与我恳谈

您把劳模荣誉予我，推辞无效首次获防火奖

您千里迢迢从蓉城带回川味食品赠予职工

您在寒冷的冬季为某同事椅子上铺个绒棉垫

您在同事感冒咳嗽不止时熬壶冰糖梨水端来

您在同事腰间盘病突发时送来自酿蚂蚁药酒

您在同事笔记内页留下娟秀字迹还说不客气

我虽没明说你们是谁

心里却记得你们是谁

衷心感谢你们

话说感恩

一方水土养一方人，故乡人情厚重如山守望相助

善人，胡万才大伯赵连元大叔安佑家父西行尽全力

好人，陆建申大伯平易近人又和蔼不嫌晚辈添麻烦

贤人，姗姐通情达理快言快语衣食住行工见难必帮

亲人，孟祥伟叔李香芹婶凌海人菩萨心把吾妹养大
我没明确说你们是谁
熟人也能记得你们
衷心感谢你们

话说感恩
在同学的母亲家，我无意间坦言最爱带馅面食
此后，两年春节我分别收到二十斤几种馅冻饺子
七旬的达斡尔族母亲包的每个饺子都饱含关心与辛劳
惭愧的我，不得不真心且善意地用谎言弥盖实言——
"阿姨，我得胃炎病了……"
阿姨衷心感谢您
也许，我还要重复谎言
"敬告"莫场赠冻饺子馄饨的那两家人

话说感恩
小恩成渊，大恩似海，恩恩浩浩皆美好
你们让我感动、常感动、特感动、真感动
尽管，你们不图回报且我暂无力相同回报
但是，我会记得你们的恩并全力知恩图报
对于善良者诚信者，记得也是一种感恩

生活随感

1

有些人常说生活欺骗了自己
也许总都是忽略了
自己是否错视和误解了生活

2

失落的地方总是有人苦苦等待
也许并非是在疼惜或怀念种子
而是在幻想果实

3

收获对没有耕耘的人
既是一种形象的讽刺
也是一次直观深刻的教育

4

有人说婚姻中藏着三种尴尬
也许是一辈子遇不到最爱的人
也许遇到最爱的人却不能结婚
也许在婚后遇到最爱的那个人

5

总是担心新鲜事物闯入生活的人
也许不是缺乏思维与想象的能力

而是对落后事物过分恪守故步自封

6

理想和梦想本质没有区别不同的是载体
应守正创新与时俱进勇于奔跑追求美好
若有遗憾也是洁如皓月亮如骄阳般美丽

7

尽管世界很大社会很杂道路很多人心很阔达
但是人再变也应记住从哪里出发为什么跋涉
永葆家国情怀与中国心更要记得回家的归途

8

人类的爱情不仅蕴含着鲜活热烈清澈温润甜蜜
也蕴藏着苦楚酸涩混沌和赤裸裸血淋淋的龌龊
人应该用互信互敬互爱互谅互补化干戈为玉帛

9

读书看世界是过心后的永恒风景线
旅游看世界是过眼后的短暂风景线
读书与旅游都应有一种客观洞察力

10

企业工厂里说话最多的几乎都是做工最少的人
今天说东不好明天说西不对后天说南不行的人
不是神明不是佛陀不是道士却是找不着北的人

11

人是有情物谁爱上谁都有一定道理或缘由

爱与被爱者应彼此换位思考珍视珍惜珍重

12

人生能遇到好父母好子女好老师好领导都是幸事
朋友是同行的人网友是同屏的人战友是同战壕的人

13

好父母倾心倾情倾力甘愿为儿女"洒血"
熊孩子却懵懂履孝道报恩为父母"洒汗"

14

说希望已经是无法完成的人
也许是试图掩饰懒惰和无为

15

尽管说谎的人发出的声音很大
但是眼睛里却隐约流露出愧色

16

刻意不哺育儿女不赡养父母的人
其实应统称令人细思极恐的生物

17

"君子坦荡荡小人长戚戚"君子重义小人图利
狗眼看人低是与狗头狗脑狗腿狗洞狗尾巴相关

18

英才用生命践行使命捍卫国家利益与民族尊严
奴才用生活演绎卑躬屈膝背信弃义求苟且偷生

19

几乎没有轻易获得良好修养的人
因为修养本身就是一种考验与折磨

20

信仰高光思想丰厚感情真挚自然人间俊杰
信念缺失少德寡信心术倾斜必然人群小丑

21

换位思考的最佳效果应该是利益双赢
他人为你做的事就应是你的做事坐标

22

尽管生活中漂泊着浮躁虚荣麻木偏见私欲
但是人们应坚守初心率真从容淡定互勉共赢

23

世界上最博大最深邃的问题或许是时间
动物间最常见最难抑的问题或许是欲望

24

有思想有感情有温度是人的生存要素与意义
否则也许人会沦为器官的载体沦落蒙昧境地

25

心灵高尚举止优雅的凡人犹如皓月高光令人景仰
灵魂邪劣行为低贱的丽人实如罂粟花令人鄙视

26

树有皮才能生机盎然

人有脸才能雍容风光神仙敬三分

树不要皮逢春也难久存

人不要脸成无耻之徒鬼怕三年

27

知识渊博和举止优雅都应是人努力具备的素质

人独自独处时仍然保持美感是人格强大的标志

28

资源与利益是人类生存发展面临的永恒问题

应用大资源观理念促进"人与自然和谐共生"

第二辑　散　文

著名作家徐迟小记

1992年3月，参加"中国散文诗深圳笔会"期间，我有幸与当代著名作家徐迟有过一面之缘，有过短暂攀谈，有过聆听讲课，并深受裨益。基于受徐老作品的震撼与对其人品的感动，整理出此文，以示我真挚的敬重敬仰与深切的怀念纪念。

履历与履职

徐迟，原名商寿，1914年生于浙江吴兴（今湖州）。中共党员。青年时考入东吴大学、燕京大学学习。1933—1936年期间，徐迟与中国现代派著名作家、上海《现代》月刊主编施蛰存和现代派著名诗人、《雨巷》作者戴望舒为首的现代派诗人作家结识，并成为现代派的一员；还协助戴望舒创办了《新诗》杂志。抗日战争全面爆发后的1938年5月，徐迟逗留香港期间，认识了乔冠华、袁水拍、冯亦代等文化界进步人士。听过袁水拍谈马克思主义、读过恩格斯的书后，思想豁然开阔明朗，自称为"觉醒"。由此，徐迟完成了由现代派诗人向马克思主义信仰者华丽而坚定的转身。1940年，在重庆徐迟与郭沫若、茅盾、冰心、巴金、老舍、夏衍等左翼作家、诗人、学者相识，并幸遇了毛泽东与周恩来。

综合《红岩春秋》所述：1945年8月下旬，毛泽东应蒋介石之邀到重庆参加国共两党和平谈判。8月28日，31岁的诗人徐迟兴奋地挥笔，写出一首热情洋溢的诗《毛泽东颂》。隔日，署名"史纲"的这首诗在《新华日报》发表。

这首公开歌颂共产党领袖人物的诗歌，当年在国民党统治区重庆引起了强烈反响。这充分彰显了诗人超凡的勇气胆识、正直的风骨人品和正义的崇高精神。毛泽东给徐迟题赠"诗言志　毛泽东"六字。不久后，徐迟请友人欣赏毛泽东的墨宝。郭沫若不仅盛赞，而且在题字旁写下了一首感慨激昂的《沁园春》词。20世纪80年代，徐迟把这件承载着人民领袖毛泽东题字真迹和文化界名人诗词的墨迹珍品，作为珍贵文物呈交给国家档案馆。这段难得的经历被传为佳话。中华人民共和国成立后，徐迟历任《人民中国》编辑、《诗刊》副主编、《外国文学研究》主编、中国文联委员、中国作协理事、湖北省文联副主席、中国散文诗学会顾问。

作品与辉煌

徐迟是一位有强烈时代自觉、文化自觉、艺术自觉和民族责任感的当代著名诗人、作家、翻译家、评论家。曾在报告文学领域做出突出贡献，留下了辉煌的篇章。

20世纪30年代起（"文化大革命"期间被迫停止写作），徐迟陆续在《燕大月刊》《矛盾》《时代画报》《新诗》《新华日报》《诗刊》《人民文学》《江南》等报刊发表不同类别的文章文集。其中，他的新诗作品《茫崖》与毛泽东主席撰写的18首旧体诗词共同发表在1957年7月25日《诗刊》创刊号上。主要作品有：诗集代表作《二十岁人》，评论集代表作《诗与生活》，散文集代表作《徐迟散文选集》，翻译作品代表作《瓦尔登湖》、荷马史诗选译《伊利亚特》（不含《奥德赛》）。徐迟在翻译荷马史诗上付出的时间较长、倾注的精力较多。1943年首次译本《伊利亚特》发表；1992年4月，徐迟随中国作家代表团访问希腊雅典回国后，再次翻译《伊利亚特》。还撰写了一篇5000余字的游记《荷马史诗的故乡》发表在广州《华夏日报》（1994年11月25日第一版）。令人痛心与遗憾的是，1996年12月他辞世时，新译本《伊利亚特》译了4000余行，没有全部翻译完成。

徐迟对报告文学创作情有独钟，曾经讲过"我和报告文学是有一段不解之缘的""报告文学要我报告我们时代的使命"。历史证明，这些他真正做到了。报告文学代表作《地质之光》《哥德巴赫猜想》分别获全国优秀报告文学奖。特别是1978年1月《人民文学》发表的撰写我国著名数学家陈景润勇攀世界数学高峰、摘取桂冠先进事迹的《哥德巴赫猜想》（如今该书已被中国现代文学馆收藏，同时中国现代文学馆撰文称："徐迟以诗人的气质写报告文学，熔政论、诗和散文于一炉，结构宏大，气势开阔，语言华美而警策。"）在全国科学春天明媚的时代背景下产生轰动效应。这在新中国报告文学领域具有典范和里程碑意义。2009年10月《文学界·中国报告文学》创刊号，再次隆重刊登了《哥德巴赫猜想》，并对作品进行了深度评论研讨。中国报告文学学会在2002年创立了"徐迟报告文学奖"，专门用于奖励我国报告文学创作中的优秀作品及作家。这也奠定了徐迟在中国当代文学史上的地位。

教诲与润泽

1992年3月，参加"中国散文诗深圳笔会"期间，年逾古稀的著名作家徐迟给我的印象是精神矍铄，老骥伏枥，不薄文学新人。徐老的讲话既亲切和蔼又谈笑风生，有时还有些腼腆。重点给我们讲授了散文诗和诗歌创作理论，还提及荷马史诗。徐老曾郑重地说过"诗与散文的结合就是散文诗""诗与史的结合就是史诗""毛泽东主席倡导'诗言志'"。对此，我的感悟是：写诗的本质特征不仅应该遵循艺术创作的规律，还应秉承与时俱进的创作思路，更应表达体现广大人民的现实生活与美好期盼，并浓缩升华中华民族的凌云壮志。徐老还敦促道："你们应细看精读荷马史诗《伊利亚特》和《奥德赛》，并多读屈原的《离骚》等中华古典诗词，从中体会其艺术魅力，汲取艺术精华。"徐老还说："1989年我写作自传体《江南小镇》的时候就开始改变手写的习惯，尝试使用电脑；刚开始坐到电脑前，几乎思路全无，现在也不是很得心应手。但这是大势所趋，今后你们年轻作者要逐步学会熟练使用电脑，让文学创作也同步实现现代化。"对此，当时我欣然默认，并且内心对神秘神奇、遥不可及的"电脑君"十分憧憬。如今，我们作为电脑写作的践行者、受益者，也许都会切身感受到仪式感、快捷感、庄重感，甚至是神圣感、时代感、使命感。当年笔会间隙，我曾恳请《中国水利报》记者张召国抓拍了几张我与徐老的合影；遗憾的是，后来胶卷曝光作废了。但是，徐老的名篇佳作已经镌刻在我脑海里，其优雅的举止风度仿佛依然闪现在眼前，情理交融的谆谆教诲仿佛依然回响在耳畔……

　　当年，文坛前辈徐迟老师的指导与指点，使我深感荣幸与荣光。在此虔诚宣称，我对徐老由衷敬赞与敬缅。

2019 年 2 月 23 日（草稿）

2019 年 9 月 12 日（定稿）

著名作家柯蓝与中国散文诗

20世纪90年代初，参加"中国散文诗研讨改稿笔会"期间，我幸遇了当代著名作家柯蓝，并在散文诗写作方面得到过当面的指导与教诲。虽然柯老已经离世，但每每重读他的著作，每每凝视与柯老的合影，每每忆起笔会的情景，感觉依然是读诗明心智，睹物思贤师，提笔纸短情长。此感触油然而生，此情真挚凝重。倾心梳理出以下文字，以寄托我对柯老的崇敬、感恩、缅怀和对中国散文诗的热衷。

生平与生涯

柯蓝，原名唐一正，笔名亚一，1920年生于湖南长沙。1936年毕业于湖南省立第一师范学校。中共党员。中华人民共和国成立前，曾参加中华民族解放先锋队，赴延安陕北公学和鲁迅艺术文学院学习，任陕甘宁边区《群众报》记者、主编。中华人民共和国成立后，历任上海《劳动报》总编辑，上海市文联党组书记、文协党组书记，华东作协秘书长，湖南省文化局副局长，中国作协第四届理事，中国作协全委会名誉委员，中共中央《求是》杂志（原《红旗》）编审，中国散文诗学会会长，《中国散文诗》杂志社社长兼总编辑。

事业与事迹

柯蓝是一位人生境界崇高、政治信仰坚定、民族精神浓厚、历史自觉敏锐、时代担当刚劲、社会责任强烈、艺术追求执着、散文诗造诣独特的进步作家。1942年起，他开始陆续发表诗歌、散文诗、散文、小说、传记、影视剧本等体裁作品，著作累计数十部。1944年创作的章回体小说《洋铁桶的故事》获延安文教大奖，转送香港出版，并被译介到日本和苏联。主要著作有《柯蓝文集》（六卷）。《我和毛泽东》获中央文献局全国征文二等奖。电影文学剧本《铁窗烈火》获首届"百花奖"。电影剧本《黄土地》和电视纪录片《话说长江》解说词，获国际大奖，饮誉海内外。《少年旅行队》曾被选入北师大版语文教材，以及鄂教版六年级语文上册。《柯蓝的来历》获2003年全国报纸副刊作品年赛金奖。特别是他创作的1949年以后第一本散文诗集《朝霞短笛》和《中国散文诗创作概论》，为散文诗创作的发展繁荣做出了突出贡献，被誉为"新中国散文诗的开拓者与奠基人"。

名诗人与散文诗

柯蓝与散文诗有着长达60余年的不解之缘。20世纪30年代柯蓝就开始创作散文诗。20世纪60年代，散文诗集《朝霞短笛》问世，这给1949年以后的文坛增添了独特的醇香与芬芳。他带头筹备、正式申报，并经民政部审批，成立散文诗学术组织。1984年10月13日，中国散文诗学会成立大会在北京海军俱乐部会议室隆重举行。著名诗人艾青、著名作家冰心等首都文艺界人士到会祝贺。艾青和冰心分别题贺词。大会公布：由柯蓝与郭风（中国作协理事、福建作协主席）共同担任学会会长。

1990年7月5日，举办中国散文诗学会成立5周年庆祝活动，《中国散文诗学会会刊》刊发了众多知名人士的题词。1990年9月19日至26日，中国散文诗学会第一次换届工作会议在山西省朔州市召开。会议选举柯蓝为学会主席。

1991年1月《中国散文诗报》周刊（国内外发行）创办，柯蓝任该报社长兼总编辑。同期，学会还举办了"庆祝中国共产党七十周年散文诗朗诵会""北京大学生首届中国散文诗朗诵会"。同年，中国散文诗学会经中国作家协会审核，成为归口管理单位，并重新向民政部申请登记。这使中国散文诗走上了更加正确、良好、健康发展的社会主义文艺道路。此后，柯蓝牵头又分别在北京和成都编辑出版了《中国散文诗》和《散文诗世界》系列丛刊。柯蓝还在香港创办了《中国散文诗》杂志，向新加坡、日本、美国等国家和东南亚地区宣传，并适时进行散文诗国际学术交流，希望中国散文诗走向世界。事实表明，这确实起到了在更大范围传播中国优秀文化、净化人的心灵、陶冶人的情操的作用。

1994年5月11日，柯蓝主持了"中国散文诗学会成立十周年纪念大会"。同时，举办了"中国散文诗'回答人生'大奖赛暨大奖赛颁奖电视文艺晚会"。

1995年7月20日，为庆祝第四次世界妇女大会在北京召开，柯蓝组织举办了"中国散文诗朗诵大会"。首都文艺界、新闻界人士参加。此后，又举办了许多类似的以散文诗为载体的公益文化活动，进一步增强了散文诗的生命力、辐射力、共振力、影响力。

作家与作者

自1984年10月中国散文诗学会成立至2006年12月柯蓝离世前这20多年间，他多方联络协调，呼吁推广，共建清明清洁的散文诗生态体系，还在全国多地成立了中国散文诗学会分会，建立30余个散文诗社团组织，出版散文诗集300多种，先后举办10余次改稿笔会和培训班，如：1991年北京笔会、1992年深圳笔会和珠海笔会都有散文诗学术研讨内容。特别是湛江东海岛笔会，首次邀请了香港、澳门地区的作家、诗人参加，扩大了散文诗的阵地。累计直接培养骨干散文诗作者千余人，形成了一个历练有素、分布广泛、实力较强的散文诗作者群。这个作者群创作了大量富有艺术品位和生活情趣、弘扬正义正气的优秀散文诗作品，并产生了良好的社会效益。这些都凝聚彰显着柯老不凡的审美定力、高尚的情操、较强的组织协调能力，以及正确的价值取向、创新的艺术理念、蓬勃的诗心画意和对中国散文诗执着的追求、坚守与奉献。

1991年11月和1992年3月，在参加"中国散文诗北京笔会""中国散文诗深圳笔会"期间，我聆听了柯蓝老师语重心长、循序渐进、寓意深刻、精彩通透、启迪心智的散文诗历史及理论知识授课。由此，柯老成为我散文诗学习的楷模与创作的领路人。

在笔会上，柯老与大家亲切交流，谈创作、谈艺术、谈人生。特别是对我们来自边远地区的普通作者更加关心、爱护、扶持，亲自指导稿件修改。柯老讲述了中国散文诗的历史：古代中国没有散文诗文体。散文诗是舶来品，人们较早熟知的主要是泰戈尔的散文诗作品。中国的散文诗起源于1919年五四运动时期；我国著名文学家、教育家刘半农第一个引进外国散文诗，第一个写中国散文诗，为中国散文诗成功奠基。我国著名文学家、思想家、现代文学的奠基人鲁迅《野草集》中的精品散文诗，为中国散文诗坛树立了典范与里程碑。刘半农、鲁迅等散文诗的先驱，以及后来的郭沫若、瞿秋白、茅盾、巴金、艾青、冰心、郑振铎都创作出了散文诗璀璨篇章。文坛前辈留下的散文诗很稀少很珍贵，我们和后人要努力继承发展。柯老郑重告诫并勉励我们：散文诗不仅是表达真情，不仅是灵感"顿悟"，更要表达真理；创作者一定牢记"散文诗呼唤时代风雨，折射人民心声，歌颂时代主旋律，弘扬中华民族优秀文化"的主旨。柯老还大力提倡并要求我们：应充分运用散文诗短小、精悍、活泼、明快、叙事、抒情等优势，宣传主流价值观和真善美，抨击假丑恶，并努力促进散文诗与其他艺术相融合。我坚信，散文诗既能给人智慧、给人精神营养、给人心灵慰藉，又能激发人思索，并引人向前向好奋进，催人向上向高翱翔，特别是散文诗等高雅艺术的型、骨、魂、神、韵和载物、传神、喻理等元素深度融合，取长补短，共绽光芒，不仅能丰富散文诗的内涵与活力，还能增强中国文艺作品艺术魅力、生活亲和力、社会影响力。笔会后，柯老曾多次亲自给我寄来学会会刊与资料。1993年，他审阅审批了我的作品与申请，使我成为了中国散文诗学会会员。这些对我鼓励很大。

柯蓝在长达60年的社会与文学实践中，创作出了许多优秀文学作品。尤其是在叙事、抒情、哲理散文诗的基础上，开创了"旅游体""联组体""同题体""报告体""政论体""长篇情节体"等散文诗新形式，促进了散文诗多样化、现代化，并撰写了《中国散文诗创作概论》专著；还与老一辈作家、诗人一起将散文诗的种子撒遍了祖国的大江南北、长城内外，以及国外，带领广大作者共同铸就了散文诗的辉煌业绩。为推动散文诗的创作、朗诵、传承，2006年，深圳和开鲁等地分别建成了柯蓝散文诗石碑长廊，以此见证散文诗开拓者智慧文脉的航迹，传颂其豁达醇厚的精美诗文。笔者将柯蓝撰写的一首散文诗《致失落者》分享给读者。

1

潮湿的夜露，冻成薄冰把心包紧。在晚风中抖动的枯枝，变成心弦的颤动。那铺满黄叶的小径，也许正是弯弯曲曲失落的人生。

有人在打扫落叶。那是把一叠失落的生的欢乐，装进竹筐里。

人生是许多失落的汇聚。

2

失落是彷徨的叹息、悔恨的哭泣，化作昏睡中的梦呓。

只要不失去生命，便有出走的勇气，便有一次重新开始的行程。是真正的失落者，便有千百次追寻。

在破碎中追寻统一。在分裂中追寻和谐。在陌生中追寻理解。在冷漠中追寻温暖。在花言巧语中追寻真诚。在会心的微笑中追寻爱情。去追寻那真正属于你的一切。

3

把失落串结成花环，挂在心的祭坛上。

真正的失落者，并不一无所有。那失去的岁月，那失去的真情，都会是你无形的财富。它们将教会你不再流泪。教会你重新抉择，重新醒悟。

失落得越多，醒悟得越快。

4

风停了，雨住了，云散了。那突然射来的阳光，突然照亮了你眼前的一切。这时，你会有一种"顿悟"的心境。那是在许多许多失落之后，在许多许多虚伪、差错之后，你看见了真情，和你可以得到的爱。

　　失落者是和真情在捉迷藏……

　　失落者，不能只是在月光下徘徊，不能只是和晚风细语。

　　请走出失落的小屋，轻松地笑，洒脱地向前走。吹起你的口哨，相信不停地奉献，失落者终会得到你失去的一切。

　　失落者的脚步就是一首动人的"失落者之歌"。

　　斯人虽去，诗魂犹在，风范长存。如今，尽管中国散文诗创作于低谷，任重道远。但是，只要广大散文诗作家作者"不忘初心，牢记使命"，"有信仰、有情怀、有担当"，"坚持以人民为中心"，"坚定文化自信、把握时代脉搏、聆听时代声音"，共同响应践行"为时代画像、为时代立传、为时代明德"的号召，就一定能使中国散文诗走出低谷，挺进平原，跃上高峰，进一步发扬光大。

2019 年 3 月 5 日（草稿）

2019 年 3 月 14 日（定稿）

向市场深处走去

市场，在现实社会生活中已经成了人们最热衷、最关注的热门话题。

社会主义市场经济宏大而崭新，迅速地在我国各地展开。在这种特殊的形势下，我们的国家出现了可喜的变化，经营机制在转换，改革在深化，社会性质并未动摇。

如今，商品经济已将人们推向了市场。既然我们面临市场，我们就要尽快地认识市场，熟悉市场，适应市场，投入市场，发展市场。

所谓的市场，就是在良好的公平竞争的环境下，发挥优势，合法取利。"优胜劣汰"是市场的基本法则。在市场中，我们除了要灵活地运用经济杠杆来调控市场外，我们还要认真地遵循正确的市场规律和价值规律。"无农不稳"，"无工不富"，"无商不活"。我们既要解放思想，又要同实事求是相符合统一。

严格地说，市场经济应当是法制经济、秩序经济。市场公平竞争，市场机遇大于市场挑战。市场需要远大的韬略和冒险精神。市场拒绝懦弱和浪漫。实力就是机会。实力能创造辉煌！

所谓的市场，总是危机与机遇并存，风险与诱惑同在。所以，我们不但要抓紧这有利的大好时机，还要有高度的民族心、正义感和社会责任感。一个人贡献社会的机会，就是自身价值实现的机会。"吃不到苦的苦比吃苦的苦更苦。"因此，我们不应顾虑、迟疑，要坚定选择与实践，勇于承受和探索。

现在，我们正处在社会转型、新旧世纪交替、历史与未来的重要节点，新世纪已经向我们走来，我们一定要满怀信心，不要辜负时代所赋予我们的伟大而神圣的使命。

中国已走入了市场，我们共同沐浴着市场和煦的阳光。毋庸置疑，我们已经取得了一定的成绩，可我们并没有真正地摆脱随时都可能会袭来的市场上变化复杂、雷电交加的风雨……总之，我们应该清醒，我们是跨世纪的一代人！"发展才是硬道理"，向市场深处走去，我们任重而道远。

注：

　　本文原载《草原》文学月刊 1995 年第 10 期（总第 375 期），内蒙古自治区文学艺术界联合会主办。

沙头角一瞥

1992年3月下旬，我在深圳参加中国散文诗研讨会期间，有机会与我国著名作家柯蓝、徐迟等人一起共同参观游览了一次沙头角中英街。

沙头角镇位于广东省深圳市东美丽的南海大鹏湾畔。21日那天上午，天气晴热。我们一行30余人分别乘坐两辆空调中巴，从深圳市科委招待所出发。汽车穿越了闹市区，又钻过了一条隧道，大约30分钟的时间，我们便到达了沙头角镇口。这时，已经有很多人在这里等候入镇。

我们每5个人分别持着一张深圳市公安局签发的"特许通行证"，顺利地通过了设在镇口桥头的沙头角海关。之后，我们便分散行动了。

走进小镇，不远处是一座石桥。越过石桥，面前的街中立着一条石凳。但这石凳并非是供人休息用的。这上面赫然刻着我们每个中国人都不愿见到的字迹：光绪二十四年（1898年）中英地界，第一号。另一面是同样内容的英文。看到面前这个与周围环境极不协调的石凳，我的内心立时涌起了一种郁闷与失落的情绪。这时，任你望着石凳如何愤怒、叹息或感慨万千，也无可奈何。我原本对沙头角的很浓的神往之情，因此也倏然淡漠了许多。我觉得，这时自己面对的不仅仅是这景物，同时也面对着历史。……

沿此处向前便是沙头角的主街，也就是人们经常说起的闻名遐迩的中英街。实际上，这条名声很大的中英街，宽才四五米，长也不足300米。以街心为界，左侧属中方，右侧属英方。"一街两制"是沙头角最大的特点。这时，我才领会"一条小街两个世界"的确切含义。

环视沙头角中英街两旁的建筑，深圳这面多为整齐的楼房，香港那面则多为低矮的平房。中英街两侧都布满了摊点和店铺。这里很像内地大城市中的一条商品街。据有关部门调查统计，每年大约有 20 万人来这条街观光和购物。因此，中英街最大的特点就是人多商品多，有"购物天堂"之称。

中英街双方的货主经营的货物多为舶来品。所以，商品种类基本相同，价格也都较低廉。街中的商品分别来自世界的许多国家和地区。商品种类也很广泛齐全。电器、布匹、服装、食品等各种商品应有尽有。街上出售的英国生产的力士香皂 9 角钱一块。金制品每克 60 元人民币。由美国空运来的上等菠萝、芒果每 500 克才 3—5 元，比内地便宜一半左右。来这里的人一般都是购物，买一些力士香皂、金首饰等物品。

此外，中英街双方的货主们也都很热情。他们可以分别用英语、粤语和普通话做生意。人民币和港币同时流通。在街上很少能见到深、港双方的警察，可是街上却秩序井然。这里有规定，不准许游客越界购物。

午后，在出镇前，我走访了一位深圳这边的一个小杂货铺的店主。此人是一位爽快平和的 50 多岁的本镇男子。他高兴地告诉我说，他的店铺开业两年多来生意一直都很兴隆，除了缴纳税款，每天他还能赚 200 多元人民币。在我的询问下。这位店主又向我介绍了一些小镇的有关情况：原来沙头角只有 0.06 平方千米。镇名"沙头角"三个字源于"日出沙头，月悬海角"两句诗。此诗是一百多年前清朝的一位巡疆大臣来这里留下的。镇名一直沿用至今。镇内现在居民不足 3000 人。除了儿童，成年人多数都在镇内做各种生意，少数人开办了自己的工厂。确切地讲，沙头角镇深圳这边的居民也是改革开放后才开始富足的。早在"文化大革命"期间，镇内居民因生活贫困而到香港和澳门谋生或定居的就有 2000 余人。20 世纪 80 年代初，镇内仅有几家私营企业、几百名工人，现在已发展到近百家各类企业，有 3000 多名工人。另外，沙头角海关每天早晨 5 点钟开关后，至少还有数百名涌入镇内的打工者。……我俩的谈话一直进行到我和同行者预定的出镇时间。我只好同这位店主告辞。

在我们乘车返回招待所的路上，车窗外的天色已经暗下来。猛然间，远处山坡上有几座插着"米"字旗的岗楼的轮廓映入了我的视线。此刻，我的内心百感交集。蓦然，我想到了 1997 年 7 月。那时，对面山坡上的"米"字旗将降下，随之升起和飘扬的将是鲜艳的五星红旗。我深信，那时的沙头角将会更加繁荣和令世人瞩目。

注:

本文原载《草原》文学月刊 1996 年第 12 期（总第 389 期），内蒙古自治区文学艺术界联合会主办。

森林礼赞

森林展示着大山的精髓与永恒。在那湮远的亘古，人沿着时空隧道，跌撞中摸索着从森林中走来。于是，人类才拥有了繁荣的社会和完整的世界。因而，森林不仅是陆地生态的主体，也是人类的襁褓与摇篮。

每种生物都有源头和特征，也有共鸣与律动。每个人的心中也许都有绿色延绵的山林和白云飘逸的远方；但无不由大自然生态圈与人类社会文化长链交织衍生。我的一切皆是从大兴安岭的山坳与森林中开始的——生命的降临、思维的启蒙、生活的历练、美好的遐想和蔚蓝的希望，都来自黛色的远山，都与广袤的森林相关联，且脑海里烙印下大山挺拔坚毅的轮廓，森林骨感质感的线条，碧野苍翠欲滴的景致，长风送氧苍生的洋溢潇洒。

举目现实中的森林，并顺着记忆的片断寻觅。经济社会的发展和生态环境的变迁，使我对森林的感情已不是孩提时用那首"高高的兴安岭，莽莽大森林……"的歌曲所能表达明白，稚气、新奇早已融入大山的脊内和浩瀚的森林，并悄然生成一种更深切、更纯粹、更美好的情感；也不仅是执意让父辈们领着去看伐木，或参加义务植树的欣然；但却是童年的时候，那孕育满山遍野栋梁的森林托起了自己孜孜的追求。

多年来，常常是轻柔而有节奏的松涛诡秘地把我引入舒爽的佳境——一种绵绵魅力与惬惬眷顾，诱惑着我、簇拥着我、激励着我在森林的境界中长久徜徉。温煦的阳光照耀着丰饶的大地，明澈的溪水映衬着森林的英姿，也蕴溶着人的信念。我拨开层层落叶，用双手捧起一团厚重的泥土，由衷地倾诉着自己对森林的敬畏和挚爱。迎面吹来的山风，飘着浓郁的松脂香味，这是小时候便熟悉的气息，一种热烈再次潜入脉络。我深深地感受到森林粗犷、豁达、正直、坚韧、自强、互信、担当、不卑不亢、荣辱不惊的秉性。此刻，花草迎风鞠躬悄悄见证，鸟儿腾空飞翔连鸣认同，峻石泰然端坐凝眸赞许。毕竟森林涵养水源水体，净化水质水系，调节气候释放氧气；毕竟森林滋哺着无数的植物根脉，维护生物多样性；毕竟森林呵护着众多动物生命；毕竟森林是人眷恋的温馨怀抱与摇篮！

森林涌动着绿浪的林海，不仅胸怀宽广、神秘神奇、生机勃勃、守望相助、群栖奉献，也有苦涩、荆棘、坎坷、险峻、危机。所有这一切无不在自然与历史缩影的长卷里弥漫着，像一首词正音纯，饱含曲折、忧思、顽强、宽容、明朗，韵律铿锵激昂，意味深长的凯歌。大山永存，劲松仁立，万木葱茏，那些被风化的历史残石、枯木，如今已被新时代的多彩湮没。森林曾有过多少悲欢、磨难，但却哀而不衰，怨而不怒，总能拂去自然的积尘，留下美好愿景启迪人们思考追求，并鼎力把人的期望与福祉延伸得很高、很高……

透过错落不匀的林隙，一颗颗紫铜色的松子静静地卧着，像等待唤醒的生命。山风吹来，林地上的落叶纷纷敞开胸怀，松子从容地接连扑向袒露的沃土，毅然栖身是回报阳光，是感恩圣水，是根植大地，是不畏艰苦，是一种勇气，也是一种忠诚，更是孕育新生机的壮举。渐渐地，林涛沉默了，分享着松子作为种子的无私奉献的豪迈，并分担其承受浴土重生的庄严阵痛。长情的种子、深情的土地、激情的森林，联袂交融，荟萃出高尚的风范与境界！少顷，林涛又发出谛语：这里有作为人所要面对的——诸如苦难、艰辛、欢乐、耕耘、收获、创造和奇迹。森林能给人粗犷果敢的古老启蒙意识，又能赠予人现代文明架构、大局理念、团队精神及生态文明的元素。森林不仅是自然生态系统，也是人类社会不可或缺的依存体系，能同时体现生态效益、经济效益、社会效益。这昭示我们应不断拼搏、开拓、进取，共同巩固已铸就的崇高信仰，进化头脑与肌体，提升素质，生生不息，强盛中华。斗转星移，时光流逝，森林用自身生长的磨砺，不断地喻示着生物畏缩和抗争，衍息与依存更深广的意义。

时空浩瀚，岁月荏苒。亘古和现代一脉相承，人与自然长久相依。"森林是个有机体，其稳定性与严格的连续性是森林的自然本质。"森林骨感的体魄、质感的品位、强悍的阵容、峻爽的形象、澎湃的涛声、壮美的启示，令人震撼，令人心仪，令人敬仰。任凭大山庄严沉寂，任凭森林敦促人思索，拓宽人视角，净化人心智。我深深地爱着充满无限生机的森林，爱着丰厚底蕴的绿色林海，并在这特殊的氛围中神思飞扬。

　　每当森林的涛声绿浪涌来时，我的心情总是激悦的，明显感受到自己的神经与血液同林木交融了，心潮也随着森林的脉搏起伏跳跃，还传递着馥郁、清新的正能量。如今，在自然、社会、人正趋于高度和谐的大背景下，跋涉了几千年的路，我们终于走出了一种湿漉漉的、博大厚重的感情……而且坚定秉承着一种共识共建的理想——"生态文明！森林碳汇！人与自然和谐共生！"

　　森林无垠、无私、无价。森林无愧是陆地生态的脊梁，也永远是我们人类的襁褓与摇篮……

注：

　　本文获"2010 年全国散文作家论坛征文大赛"二等奖（中国散文学会、中国散文学会写作中心举办）。原载《全国散文作家精品集》316 页（华文出版社 2010 年 12 月第二版）；另载《兴安杜鹃》文艺季刊 2014 年第 1 期（第 34—35 页），内蒙古牙克石市文学艺术界联合会主办；并收入《克一河林业局志》（2003—2018）第 905—906 页。另由"鄂伦春朗诵园"微信平台 2021 年 1 月 11 日朗诵播出。

无雪的松林

雪是松林的朋友，我也是。1984 年秋天，我从师范学校毕业，被分配到松林所在林场的中（小）学校任语文教师。松林初中毕业，在林场的一个生产工队当知青。我和松林很合得来，不仅因为彼此都 20 岁，主要还因为我俩对诗歌有着共同的追求。

松林正直、豁达、执着、谦和，也很敏感抑郁。他除了爱诗，还喜欢吹口琴和垂钓。在松林蜗居的那间简陋的小木屋里，除了一张旧课桌上摆着一盏 8 瓦的紫色台灯、一只合音口琴，以及莎士比亚、普希金、鲁迅、艾青、巴尔扎克等文坛大家的著作外，就是有几副鱼钩和几条渔网静静地放在角落里。那段时间，每当傍晚，我俩就到距林场居民区东边约 200 米处那条清澈的小河旁散步、谈诗。他的诗观是："在和平盛世，可以为人类、自然和本民族或为一个人写诗，但在关键的历史时期，只能为自己的祖国和民族写诗，别无选择。"对此，我赞同。松林经常吟诵陆游和拜伦的诗，即"位卑未敢忘忧国""你必定辗转于你的意志和痛苦之间，虽然不死，却要历经磨难"。每当我俩坐在河间小木桥上小憩时，松林总是把口琴吹奏得时而浑厚悠扬，时而美妙惆怅。因而，常引来鸟群在附近的天空盘旋飞翔。每逢星期日，松林便肩扛鱼竿，手提渔网，邀我去河套捕鱼。松林讲，用丝网捕柳根鱼很灵，可是他从没有用过，也禁止我尝试网。尽管我总没有机会饱食柳根鱼，但那段日子我们是充实快乐的。

同年深秋，松林爱上了一个名字叫雪的女孩。雪是松林小学、初中时期的同学。当时，她高中毕业刚回林场当知青。松林很欣赏雪清纯、娴静、优雅的气质和热情、大方、奔放的性格。为此，松林放弃了渔具，也暂时疏远了我，很快就为雪而痴迷。或许心有灵犀，或许真情所致，且经常在林场西边被他们称作"老地方"的幽静林畔约会。雪写的字很娟秀，她为松林誊抄了许多篇诗稿。

爱情真是无比神奇充满魔力，低调惆怅的松林变得开朗了许多。也许他用诗心想象憧憬着爱情的美好与归宿。那时，只要我见到松林，他必谈雪，述雪乖巧、说雪晶莹、赞雪纯洁。在松林那册不薄的自创诗笺中，有多首是以雪为题，或是为雪而作的——诸如：

雪是从天宫簇拥下凡地球的仙女

雪是仙女撒向人间洁白的花朵

雪是热雨凝聚的精灵

雪花常常感动落泪还原成热雨

大兴安岭的雪别有内涵与韵律

不仅豁达无私地润泽万顷林海和各种生物

而且总是悄然点缀环境并净化着人的心灵

……

有一次，我笑着对松林说："但愿雪不要辜负了你的爱心。"松林表情傲然、怡然，笑而不语。

月有阴晴圆缺。我的一句无心的玩笑话，后来竟成为事实。两年后，松林讲，雪突然向他提出分手，这对松林不啻晴天霹雳。当时，松林懵了，并追问其缘由。雪潸然说道："你不要细问了，我很矛盾、很无奈，也虚荣，但会在心中珍藏这份感情的……"松林极力克制自己的情绪，强忍着委屈的泪水，表情平静地说："我尊重你的选择……"听他复述后，我深感遗憾与同情。

松林与雪分手的那年隆冬，林场降了一场白皑皑的大雪，这在大兴安岭地区也是很罕见的。那期间，有两次我望见松林在他与雪曾多次约会的"老地方"徘徊、伫立，像一只孤单却誓不迁徙的候鸟。每次在他激昂、婉约、浪漫的口琴声之后，松林都潇洒地把双手握着的诗笺和口琴同时抛起，口琴与诗笺在天空形成稍纵即逝的闪烁弧光，落下后，诗笺和沃雪浑然如一，嵌入雪中的口琴在雪地上打下了含义特殊的"一"字。但是，松林总是俯身把诗笺和口琴郑重拾起，并淡定地又把口琴吹响，再次把关于雪的诗笺反复朗读。

"你后悔吧？"后来，我猜想着问他。松林却摇着头回答："不，永远不……"显然，松林理解雪的苦衷，不怪雪，依然深情地爱着雪，尤其是他那毅然决然、宽厚乐观的神情，令我感动不已。尽管那个冬天降了罕见的大雪，但在松林的心中也许是个无雪的冬天。

此后不久，雪通过了林业局组织的招聘考试，成为了另外一个林场的知青代课教师。据说，不久，雪出嫁了……松林也结婚了……后来，雪和松林都离婚了……

再后来，我离开了那个林场，调到另外一个林业局的宣传部门工作。从此，我与松林就失去了联系。据说，后来松林也调到所在林业局局址上班，雪辞职去了外地。

迄今，我也只是偶尔在报刊上读过松林的诗文，仍然不知道松林的准确工作单位。但是，多年来，每当我读诗或写诗的时候，就会情不自禁地想起这个正直、执着，曾爱着诗、爱着雪的文友。

1997 年 7 月 9 日（草稿）

2011 年 7 月 7 日（定稿）

秋日偶拾

　　1984 年一个阳光温煦、天空湛蓝的周日。一束又一束清爽而强劲的风吹来，给生活在林场的人又送来一个多彩丰厚的秋季。"秋来了，秋来了，秋来了！收获哟，收获哟！……"窗外，有人情不自禁地欢呼着，饱含磁力的声音在山林旷野上空回荡着……

　　闻声，我兴奋地出门，奔向秋！出门就呼吸到风中裹挟的山珍、浆果的清香。百步外就是连绵起伏的山林，林间成片的针叶松树坚韧挺拔，成群的白桦树亭亭玉立，林边是一条蜿蜒清澈的小河。我边走边抬头远望，看见有许多在林间穿梭觅拾山货的人——男的女的老的少的，他们嗅着秋清醇的味道，沿着秋殷实的履迹不期而遇！映入眼帘的渐行渐近。我还遇见三个中学生坐在毛毯般柔软的草地上跟随录音机学英语……噢，好不忙碌！那些觅拾到林间果实放在柳篮里的人运气好，也灵巧！可努力把知识果实盛入头脑、蓄势而进的人，其运气与灵巧是不是更胜一筹呢？！

　　奔走在林间，我看见四个年龄十三四岁的男孩正欢快地抢摘着一顶顶白胖胖、黄灿灿、灰萌萌的形状像伞的蘑菇。旁边站着一个比他们年龄稍小、身材瘦弱、梳着羊角辫的小姑娘，她手中提的柳篮还空着呢。"也许是她抢不上吧……"我猜想。没看见小伙伴们谦让，但她脸上看不出焦急，却看得出执着。这时，四个男孩又快步围向一个新蘑圈……"这个蘑菇圈是我先发现的。"其中一个敦实的男孩骄傲地自言自语。接着是此起彼伏的"冲锋声""叽喳声""哄闹声"交织着，而且声音旋上树梢回响。这边的羊角辫小姑娘竟然觅到了一处方圆六米左右的大蘑菇圈。再一瞧，她刚弯腰采摘一顶蘑菇捏在手里，就骤然直起腰，并且转身仰着头大声地呼喊那四个男孩过来一起采摘。当"冲锋声""叽喳声""哄闹声"迅速笼罩过来，她才从容地把手里那顶鲜嫩肥腻金黄的大油蘑轻轻地放入柳篮。这时，她两只水汪汪的眸子如湖水涟漪般闪动着，并露出甜甜的微笑，像一朵逗留地面的欢快翔云……

此刻，走在林间厚厚、绵绵的落叶苔藓上，脚刚落下去就压出一个窝，迈过去窝又渐渐弹起。"这似乎在向人们预示秋是有生命的、鲜活的、丰厚的！……"我边走边浅浅地沉思。

"哗哗……"的流水声提醒我已经来到小河旁。莫非刚才我被大自然陶醉了！我蹲下身来，摘几粒酸甜的水葡萄放入口中品尝着，并随手拨动几下河水，但河水依然潺潺律动向前。我凝神注视着奔流的河水，虔心倾听着曼妙而有节奏的水声……"上善若水，流水不腐，水从来不畏山高谷深坡陡路远，总是滋润世界万物。莫非无私、醇正、通透、润泽、厚人厚物是水的真谛么？！"我叩问着自己。蓦然，周围短时间恬静起来，只有流水声依旧……

一束又一束清爽的风吹来，树木花草迎着风潇洒而婆娑地舞动摇曳着，片状与针状的树叶结伴翩然飘向地面、飘上河面，颗粒状像珍珠似的花籽草籽也成群豪迈地脱离母体簌簌地扑向大地。林间，赤橙黄绿褐蓝紫，多种颜色叠加交汇，交相辉映。

此时，我下意识地捞起几片淡绿微黄暗褐色交织的落叶，捧在眼前仔细端详着，脑海里似乎隐约传来一串声音："落叶知秋，可秋博大的内涵和丰厚的馈赠却是人无法考量的……"此时，我内心的感恩与崇敬之情油然而生。

阳光普照山林与旷野，河水光波荡漾，水面上落叶间隙折射出的光线熠熠闪烁。落叶下的河水依然清澈。我伸出手臂把捞起的树叶又撒回河水中。视线里，片片落叶簇拥着，乘着悠悠的河水渐渐漂向远方……

抬头望去，十多米外，那个梳羊角辫的小姑娘正悄然望着我。她似乎在想着什么，莫非刚才我的举止惊动了她？莫非她在探测一种采撷法？我欣然地向羊角辫小姑娘招招手搭讪道："哎，小朋友，快把你的柳篮拿来，我帮你采！"小姑娘转身回答道："不用啦！老师和妈妈都说过，采山货应该每个人一只柳篮，采到什么、采多少不重要，只有自己亲手采的才算收获呢……"接着她又说："我是同那几个男孩一起来的，因为他们采蘑菇是捎到镇上市场卖，是想合伙攒钱买台录音机，准备明年上中学时用，所以我希望他们多采些……"然后，羊角辫小姑娘也向我招招手，微笑着提起沉甸甸的柳篮，又继续去采撷了，而且她的姿态是那样惬意、欣慰和自信。

我忙站起身来，笑着点点头，向羊角辫小姑娘示意赞许。我自己的思绪也受到启发："是啊，当前国家已经全面步入良性发展的轨道，特别是改革开放的大潮，方兴未艾，林区人也应乘势而上，尽力而为，共同前行。"这时，我忽然意识到，自己手中既没有柳篮也没有山货，顿感惭愧不已。少顷反思后，我毅然加快了脚步……

1984 年 9 月 3 日（草稿）

2017 年 2 月 1 日（定稿）

龙门风光

"满山松影今图画，夹道泉声故管弦。"这是我国著名诗人、历史学家郭沫若赞颂龙门风光的诗句。龙门坐落在河南省洛阳市南约 13 千米处。因其东、西两侧对峙，犹如天然的门阙，而且伊河从中流过，因而古人称之为"伊阙"。隋朝营建东都洛阳，宫城城门面对"伊阙"，加之湍湍伊河水似一条蜿蜒而行的长龙，此后便有了"龙门"之称。

龙门峡谷口处坐落着气势宏伟、极具民族风格的"长虹"，即 20 世纪 60 年代我国自行建造的焦枝铁路大桥。龙门峡谷，山水掩映，风景幽美，无数泉水又自山罅中迸出，姿态百端绮丽，汇入伊水。龙门峡谷长约 1200 米，宽约 150 米，深约 110 米，险要雄伟。伊河水域全长约 238 千米，源于栾川县境内的伏牛山，流经嵩县、伊川，穿龙门至偃师县的杨村汇入洛河。伊水两岸东有香山、西有龙门山，酷似蜂窝、星罗棋布的洞龛就镶嵌在伊水两岸约 1000 米长的山壁上。这些雕刻精美、气势磅礴的洞龛就是被世人称为艺术宝库的著名的龙门石窟。据资料显示，龙门石窟始凿于北魏孝文帝年间，历经东魏、西魏、北齐、北周、隋、唐、宋等朝代，千余年间雕凿不绝。北魏晚期是龙门石窟凿造鼎盛时期。据有关部门统计，龙门东、西两侧山壁现存窟龛 2345 个，造像近 11 万尊。

北魏时期开凿的代表性洞窟是莲花洞等。唐代开凿的洞窟奉先寺石佛像，是龙门石窟中艺术水平最高、最具有代表性的石刻群像，雕刻精美，栩栩如生，风格各异，特别引人注目，体现了我国古代人民的智慧和创造力。唐代大诗人白居易有"洛都四郊山水之胜，龙门首焉"的赞叹。据说，他曾经在龙门东侧的香山寺居住过 18 年，朝夕游览，作诗吟诗。他去世后就葬在香山琵琶峰上了……

洛阳龙门石窟与甘肃省敦煌莫高窟、天水麦积山石窟和山西省大同云冈石窟，被并称为中国四大石刻艺术宝库。其不仅是我国著名的人文景观，也是非常珍贵的世界自然与文化遗产，更具有深远的历史意义和重要的现实意义。

　　龙门石窟开凿 1500 多年来，石窟雕像不同程度遭受自然和人为的损坏。中华人民共和国成立后，有关部门高度重视龙门石窟，对其进行了修缮保护和开发利用。如今，龙门峡谷、龙门山和香山，游人云集，我们伟大祖国的壮美山河愈显多娇旖旎。

注：

　　本文原载《林海日报》文艺副刊（1981 年 11 月 18 日）。

一个父亲写给自己孩子的絮语

孩子，昨天是你妈妈离家而去的日子，是爸爸不愿意记忆却又无法忘掉的日子，也是你伤感流泪的日子。

从昨天起，由爸爸妈妈和你共同组成的家庭就不复存在了。爸爸也许现在不该过早地同你谈及这个很苦涩的话题。因为你还不足 6 岁呀，可这是爸爸迟早都要与你谈的事情。

爸爸与你妈妈结婚时，我们两个人性格、兴趣、人生态度上就存在着一些潜在的差异，可总的态势还是好的。我和你妈妈虽然同属善良之人，但又有着明显的不同。爸爸是一个较务实且注重精神依托的人。而你妈妈则是一个爱幻想，对物质生活较盲从和倾心的人。因此，婚后我与你妈妈因生活一些琐事吵过，也闹过，其中的是非曲直，自然已经不必再一一提起，毕竟已铸成遗憾，已是久远之事了。

后来，你出生了。你就像一条神奇的纽带一下子将我与你妈妈之间的距离拉近了许多。也就是说，咱们家也确实有过完整的时候，有过许多温馨与和睦相依的时刻。

爸爸喜欢读书。我买书回来，你妈妈也读，有时她还读给你听。你妈妈曾给你买书，也给我买书。我写了稿子，几乎都是她帮我誊抄。类似的家庭故事还有很多……

近两年，在商品经济飞速发展的现实面前，我与你妈妈之间的潜在矛盾自然地裸露出来了。渐渐地，你妈妈因咱们家庭的经济不宽松，便经常在我面前唠叨并流露出许多怨言和不满。其实，爸爸何尝不想在工作之余再多做点什么，为家庭增加点收入呢？可由于爸爸的身体状况欠佳，总感到力不从心，终究是心有余而力不足。为此，我也做出了许多宽容和让步。就这样，为了保持你幼小心灵的完整，不受损伤，我同你妈妈一起继续尽力地维持这个家。在外面，我总是不断地向人讲，子美妻贤。你妈妈也常常向别人说自己家庭的温馨。但回到家里，我与你妈妈却几乎找不到一个投机的话题。我变得更加沉默，脾气慢慢变坏。你妈妈则变得懒散浮躁。我明显地感觉到了你妈妈与我之间已形成了一种触之即发的情感危机。家庭经济基础薄弱这一矛盾的焦点逐步导致感情的破裂和迁移。你妈妈屡错屡改，又屡改屡错。感情错位，虽然是一个圈，但毕竟是一个怪圈。实质上，我仍然圆不了她的梦。也许你妈妈实在耐不住靠工薪生活的窘困了。终于，你妈妈提出离婚。我应允了。很快，我和你妈妈商定并办理协议离婚。你妈妈只搬走了电视机。你与房子及生活用具归我。有间房子就是一个家。没有电视机，晚上你可以写字和学习。爸爸也可以看书，还能给你讲故事。

在我与你妈妈分手前，我曾写给她一封信。信的结尾大概有这样几句话："我们以往的生活有过光华，也有过阴霾。没有谁都对，也没有谁都错。结婚就是搭伴过日子。我与你在一起，我永远不会最贫穷，你也永远不会最富足。不说我初衷不改，不说你很无奈。先婚后友也是一种风范和时尚。不言风，不言雨，毕竟我们曾经有过一个共同的美好的心愿……"

我以为你妈妈也会给我留下一些语言，但是却没有。她这样做，自然有自己的道理。

昨天下午，当你妈妈迈出咱们家门的那一瞬间，你用饱含泪水的双眸望望我，又飞快地将目光移向你妈妈的背影。你咬住自己的嘴唇，你还是挺住了，终于没有让你的泪水溢出你的眼眶。爸爸看得出当时你一定很痛苦，很迷乱。你那副孱弱无措、令人怜爱的样子，爸爸永远也忘不了。

昨天傍晚，你又开始像往日一样，专注地留意起咱们家院子里的声音。爸爸知道，你是在等你熟悉的妈妈的推门声，等你妈妈回来。一直到很晚，你终究没有听见你所期盼的开门声。当你清晰地感到并相信了你妈妈真的不会回来了，你开始抽泣，终于你哭出了声音。

我走近你问："是不是想妈妈了？"你摇摇头说："不是，我头痛……"可是爸爸从你充满泪水的目光中看得出你在掩饰。我为你找来药。你却拒绝吃，于是我将你揽在怀里。你仍然轻声抽泣，哭得很伤心。爸爸没有阻止你，只是更加抱紧你。爸爸知道你是无辜的。你把内心的苦闷都哭出来，也许心情会畅快些。又哭了一阵，你终于止住了哭泣，望着我说："爸爸，我是不是很可怜？""你不可怜。"我抚慰你说。你又说："可我已经没有妈妈了……"“你还有爸爸。如果你愿意,今后你仍然可以自由地来往于爸爸和妈妈之间。爸爸会让你的心灵里永远生长着一颗真诚快乐的种子,让它伴你一起生长和成熟。"“嗯,我一定听爸爸的话,做个好孩子。"你似乎领悟了许多。爸爸理解你此刻的心情。孩子,你越懂事,爸爸的心里就越不好受。

孩子,我与你妈妈分手,本来对咱们家已经是很不幸的事了,以后还可能会雪上加霜。因为我们家庭的变故,你周围的某些人随时都有可能向你投来异样的目光或揶揄、风凉的询问。无论什么时候,无论怎样,你都不要理睬这些人。你一定要保持足够的信心和勇气,因为现实生活中像你一样的孩子不止一个。从某种意义上讲,你的姿态也代表着社会上的一类儿童群体形象。饶舌之人会不攻自溃。另外,你也不要怨恨你妈妈。她有她的难处和苦衷。她所处的自然、社会、家庭、工作环境都不同程度地影响着她的思维取向及心态的发展和变化,况且经济又直接影响着人的生活。所以,你妈妈做出今天的决定也不能完全怪他。她也有压力,她的心理承受能力也是有限的。我们应该给你妈妈一个宽容的空间。她毕竟曾为咱们这个家奔波过、奉献过,而且还养育过你。如果你要恨,就恨爸爸,爸爸没有能力为你挽留住妈妈。爸爸愿承担责任。家庭问题是一种社会问题。家庭中许多事,现在你还不懂。爸爸现在只想告诉你:人无论什么时候,做事都不能只考虑自己的得失,还要尊重和给予他人选择生活的权利。

孩子,现在咱们家就只有咱们父子两个人了。为了不让别人议论我们生活中缺少什么,今后爸爸一定会把家庭环境和生活搞好,尽量让你健康、充实、快乐。我要对你负责,培养你良好的素质,锻炼你独立生活的能力,并引导你从小就树立起正确的人生观和发展方向。"弱智不由己,康复凭自强。"所以,今后的生活现实对你也并不轻松。你一定要努力学习,力争将来做一个对祖国对社会有用的人。那样,就是对爸爸最好的理解和慰藉。

孩子,明天你还要上学,爸爸也要去工作。尽管明天我可能还会遇到这样或那样的困难和烦恼,但爸爸还会带你乐观地走出家门。

注:

本文原载《婚姻与家庭》月刊 1996 年第 1 期 46—47 页(中华全国妇女联合会主管、中国婚姻家庭研究会主办)。

重逢是首歌

　　《青年作家》是伴随着我国改革开放的时代大潮诞生、成长、成熟的，其沐浴着党和政府及文联组织的殷切关怀与指导，凝聚着几代作家、作者、编者的辛劳与智慧，牵动与滋润着广大读者的心灵，不断传播着人类文明与中华民族的先进文化。如今，它已走过了 30 年坚实而辉煌的历程，展示出了丰硕的成果，迎来了诞生 30 周年特别美好的时刻。鉴于此，以征文活动为契机，作为忠实的读者，我表述一些切身感触，以示祝贺。

　　《青年作家》是启蒙的良师。我生活工作在大兴安岭林区。1981 年我 16 岁的时候，缘于《星星》诗刊有幸认识了《青年作家》，并深受裨益。当时，正值国家改革开放、经济体制转型、人民心灵复苏、文学艺术复兴的重要历史时期。仅谙"文学即人学"概念，初当知青的我，也情不自禁地加入到朝圣文学殿堂的人群，试图提升素质，适应形势，凝聚力量，报效祖国。走近《青年作家》，它散发着油墨芳香，其作品字里行间呈现出的活跃在历史、现实、未来交织的社会背景下特定时空中的一个个鲜明的故事、一幕幕难忘的场面、一群群栩栩如生的人物形象，让我历历在目，记忆犹新。我深感被一种洋溢着清新、纯正、浑厚的生活底蕴和时代韵律的艺术氛围所萦绕与笼罩，热切神往之情油然而生，思绪万千。特别是巴金先生致的发刊词，以及刊登在封二版面的鲁迅和艾芜等文坛前辈的画像和语录，语重心长，意义深刻，令人思索，令人清醒，催人奋进。曾经订阅（邮购）的 20 余期《青年作家》，我都反复认真品读，从中获取了许多宝贵的精神（艺术）营养。值得欣慰的是，在《青年作家》的启迪、熏陶和敦促下，我逐渐开始尝试业余文学创作，有作品发表和获奖，并成为自治区和国家级文学团体的会员。当年曾拥有的《青年作家》大都在同事和朋友们的争相传阅中无法索回。虽遗憾，但自豪。毕竟又有许多人的心灵乃至生命会因得到《青年作家》的润泽，更加充满生机和创造力。如今，我手捧着纸张已发黄的创刊号《青年作家》联想到自己能与久别的良师《青年作家》在互联网上邂逅，倍觉亲切、非常感动、感慨和感恩。相逢是缘分，重逢是首歌。真是"众里寻他千百度，蓦然回首，那人却在灯火阑珊处"。

《青年作家》是优秀的使者。《青年作家》具有形象端庄、品质高雅、与时俱进的风格。其宗旨正确，封面精美，版式紧凑，题图隽永，意境博大，内涵丰富。《青年作家》在"天府"成都诞生后，意气风发，不辱使命，沿着蜀道不惧艰辛，冲出盆地，跨过山峦，越过江、河，走遍中华大地，奋力高歌时代主旋律和先进文化，而且正向世界驰骋前进。《青年作家》由当初崭露头角的丑小鸭，已成长为搏击长空的天鹅，充分展示了自身的实力与风采。其无愧于中国文坛"四小名旦"之一的赞誉，也无愧于时代和社会。

《青年作家》是传播文明的窗口。《青年作家》创刊以来，认真践行党提出的"文艺要为广大人民服务，要为社会主义服务"的宗旨和"百花齐放，百家争鸣"的方针，还积极提倡"先锋意识、人文关怀、青春气派"的办刊理念。《青年作家》根植祖国，立足四川，面向世界，大力弘扬以正义和真、善、美为核心的人类文明与进步，坚决鞭笞以邪教和假、丑、恶为重点的一切不良思想和行动，为树立正确的世界观、人生观、价值观，为展示和传承中华民族的先进文化起到了积极作用。

《青年作家》是凝心聚力的纽带和平台。《青年作家》历来同党、同国家、同时代、同人民的脉搏保持一致，高度关注社会、高度关注人生、高度关注青年，思想政治和生活艺术特征皆俱，并赢得了广泛支持，培养推出了谭力等一批德艺双馨全国知名的作家和许多优秀作品。还坚持"把心交给读者"即：努力用良心、热心、关心、爱心和真心铸就民心；用纯心、忠心、公心、匠心和民心铸就党心与文心。有力促进了社会主义文化事业的大发展、大繁荣，以及全面建设小康社会的伟大进程。

《青年作家》已经三十而立，而且是迎着党"二为""双百"文艺政策的朝阳，乘着社会主义祖国改革开放的春风一路播种、耕耘、收获着，坚定从容潇洒走来，迈进新世纪，正奔向更加美好的未来。

衷心祝愿并期待《青年作家》进一步焕发青春活力，继续秉承"以科学的理论武装人，以正确的舆论引导人，以优秀的作品鼓舞人，以高尚的精神塑造人"的光荣传统，与时俱进地为广大读者和人民群众提供出更多、更好的精神食粮，从而重铸新辉煌，再展新风采。

《青年作家》美哉，壮哉，向你致敬，为你喝彩！

注：

　　本文原为四川省成都市文联《青年作家》杂志创刊 30 周年征文。曾获"2011 年全国散文作家论坛征文大赛"二等奖（中国散文学会、中国散文学会写作中心举办）。载《2011 年全国散文作家作品集》第 327 页（中国戏剧出版社 2012 年 1 月北京第一版）。

楷　模

题　记

　　众所周知，楷模一词的基本含义是榜样、样板、模范、范例。楷模人物是人类历史与现实社会发展变迁进程中，人生公益价值积淀、凝聚、萌发、升华、绽放的精彩缩影。楷模人物的思想与行动，宛如朝阳充满光辉与温暖，其饱含的正义正气正能量，具有跨越时空的激励、引领、普惠作用。小而言之，几乎每个思维健全的人，心目中都有作为榜样崇尚的楷模人物形象，几乎也都是从少年或学生时期开始树立的；大而言之，楷模人物无不源于自然的沐浴、岁月的洗礼、古今中外文明的淬炼、社会的磨炼、生活的历练，以及是与非、理与谬、苦与痛、难与险、血与火或生与死等抉择和考验。

　　自中华人民共和国成立，特别是党的十八大以来，党和国家高度重视对楷模人物的褒扬表彰奖励。2016 年 1 月 1 日起，《中华人民共和国国家勋章和国家荣誉称号法》施行。这令人称赞认同，令人兴奋鼓舞，令人自豪欣慰。

　　从《中华人民共和国国家勋章和国家荣誉称号法》规定看，国家层面的最高荣誉称号，即国家勋章、友谊勋章、国家荣誉称号，是根据全国人民代表大会常务委员会会议决定，由中华人民共和国主席签署"主席令"授予，"国务院、中央军事委员会可以在各自的职权范围内开展功勋荣誉表彰奖励工作"。"共和国勋章"，授予"在中国特色社会主义建设和保卫国家中作出巨大贡献、建立卓越功勋的杰出人士"；"友谊勋章"，授予"在我国社会主义现代化建设和促进中外交流合作、维护世界和平中作出杰出贡献的外国人"；国家荣誉称号，授予"在经济、社会、国防、外交、教育、科技、文化、卫生、体育等各领域各行业作出重大贡献、享有崇高声誉的杰出人士"。

下面的内容先讲述我们大家熟悉熟知熟记的英雄楷模人物，再叙述生活中我初次遇到并作为学习"样板"，而且对我人生有着良好审美启蒙与价值示范作用的一个平民楷模人物。

英雄楷模

20世纪70年代起，楷模人物的形象犹如一道道闪耀的金色光环纷纷嵌入我的脑海，而且他们的先进事迹与英勇行动一直感动感化感召着我，并振动振奋震撼着我的心灵，激发激励激拥着我向善向优向前。

在读小学与初中的时候，我心目中的英雄楷模是——为捍卫信仰与真理而慷慨就义的李大钊等人；中华人民共和国的主要缔造者暨伟大领导者，为国家富强、人民幸福而运筹帷幄、决胜千里、殚心竭虑、鞠躬尽瘁的毛泽东、周恩来等人；还有瞿秋白、刘伯坚、邓中夏、夏明翰、方志敏、赵一曼等人；刘胡兰、张思德、欧阳海、罗盛教和全心全意为人民服务的好战士雷锋等人。还有太多太多的新时代英模。叩问，思索，言释，我崇尚敬仰英雄楷模人物是有清晰脉络与鲜明审美元素的。尽管当年我并不真正懂得传统的"五常"（仁义礼智信）和先进的"三观"（世界观、人生观、价值观）的深刻内涵，但是，这确实与当年上学时我受到的爱国主义、英雄主义、共产主义系列教育息息相关、一脉相承，也是一个懵懂少年慕求"真、善、美"的初心所致。后来，我多次畅想，人们都应向英雄楷模人物学习，努力做一个爱国卫国、敬业精业、奉职奉献的人；做一个正直正义、良心良举、自勉勤勉的人；做一个持之以恒、善作善成、知行合一的人；做一个有信仰、有境界、有格局的人；做一个有理智、有自信、有思考的人；做一个有眼力、有体力、有定力的人；做一个有志气、有骨气、有勇气的人；做一个有情怀、有温度、有担当的人；做一个具有并践行"社会主义核心价值观"及"位卑未敢忘忧国"理念的人。上述畅想，也许不能逐一做到，但人们仍应义无反顾奔向既定目标。

毋庸置疑，英雄楷模人物都曾为中华民族做出过伟大或巨大或重大贡献，是我国亿万人民共同敬仰敬爱敬重的民族英雄与时代先锋，他们的先进事迹与壮举，感召影响激励着一代又一代国人奋力前行。此刻，我联想到，近年来社会上一些无聊、无知、无良、无耻的人，通过饭局或网络造谣诽谤、侮辱歪曲、抹黑丑化，甚至否定英雄烈士楷模人物的崇高精神与先进事迹。此种行为，令人愤然愤慨愤懑。当前，这种乱象已受到了法律的严惩和道德的谴责。这是党所指，国所治，民所盼，众望所归。

据媒体报道，2018 年 9 月下旬，中央军委批准，将"献身国防科技事业的杰出科学家"林俊德、"逐梦海天的强军先锋"张超确定为与张思德、董存瑞、黄继光、邱少云、雷锋、苏宁、李向群、杨业功并列的全军 10 位挂像英模。此外，第十三届全国人民代表大会常务委员会第二次会议通过了《中华人民共和国英雄烈士保护法》。英烈楷模的姓名、肖像、名誉、荣誉纳入了国家法律保护的范畴。这是党和国家与时俱进给予英烈楷模人物的极高荣誉与爱护。我们每个人都应自觉地进一步树立爱戴、尊敬、学习英烈楷模人物的大局意识与美好情操，坚持大力弘扬英烈楷模人物的先进事迹与非凡壮举，坚持秉承以爱国主义为核心，具有不屈不挠、自强不息、顽强奋斗等传统思想内涵，以及改革创新、与时俱进等鲜明时代特征的精神。

2019 年 9 月 29 日上午，在庆祝中华人民共和国成立 70 周年的重要历史时刻，为进一步弘扬我国伟大的民族精神和恢弘的时代精神，党和国家在北京人民大会堂隆重举行仪式，向为新中国建设发展和安全做出杰出贡献的 42 位功勋模范人物授予了"共和国勋章""友谊勋章"和"国家荣誉称号"。于敏、申纪兰（女）、孙家栋、李延年、张富清、袁隆平、黄旭华、屠呦呦（女）荣获"共和国勋章"。劳尔·卡斯特罗·鲁斯（古巴）、玛哈扎克里·诗琳通（女，泰国）、萨利姆·艾哈迈德·萨利姆（坦桑尼亚）、加林娜·维尼阿米诺夫娜·库利科娃（女，俄罗斯）、让－皮埃尔·拉法兰（法国）、伊莎白·柯鲁克（女，加拿大）荣获"友谊勋章"。叶培建、吴文俊、南仁东（满族）、顾方舟、程开甲荣获"人民科学家"国家荣誉称号；于漪（女）、卫兴华、高铭暄荣获"人民教育家"国家荣誉称号；王蒙、秦怡（女）、郭兰英（女）荣获"人民艺术家"国家荣誉称号；艾热提·马木提（维吾尔族）、申亮亮、麦贤得、张超荣获"人民英雄"国家荣誉称号；王文教、王有德（回族）、王启民、王继才、布茹玛汗·毛勒朵（女，柯尔克孜族）、朱彦夫、李保国、都贵玛（女，蒙古族）、高德荣（独龙族）荣获"人民楷模"国家荣誉称号；热地（藏族）荣获"民族团结杰出贡献者"国家荣誉称号；董建华荣获"'一国两制'杰出贡献者"国家荣誉称号；李道豫荣获"外交工作杰出贡献者"国家荣誉称号；樊锦诗（女）荣获"文物保护杰出贡献者"国家荣誉称号。表明了党和国家正确而坚定的社会导向、崇高而厚重的价值导向、强劲而鲜明的舆论导向。这些获得国家最高荣誉勋章与称号的国内楷模人物及国际友人是众多为党和中国特色社会主义事业做出杰出贡献人士的代表。

国策国事，一脉相承。根据第十三届全国人民代表大会常务委员会第二十一次会议的决定，2020 年 8 月 11 日，国家主席习近平签署"主席令"授予新冠肺炎疫情防控领军人物、广州医科大学附属第一医院国家呼吸系统疾病临床医学研究中心主任、中国工程院院士钟南山"共和国勋章"。同时，分别授予新冠肺炎疫情防控前线功臣人物、天津中医药大学校长、中国工程院院士张伯礼，军事科学院军事医学研究院研究员、中国工程院院士陈薇，武汉市金银潭医院党委副书记、院长张定宇"人民英雄"国家荣誉称号。以此表彰他们四人在 2020 年新冠肺炎疫情防控（含 2003 年非典型肺炎疫情防控）伟大而严峻的斗争中，做出的重大而特殊的贡献。他们用超凡的智慧与超强的力量带头铸就了"生命至上，举国同心，舍生忘死，尊重科学，命运与共"的伟大抗疫精神。"他们身上生动体现了中华民族精神与社会主义核心价值观和忠诚、执着、朴实的优秀品格，同时彰显了为中国人民谋幸福、为中华民族谋复兴的初心使命与责任担当，他们的事迹和贡献将永远写在共和国史册上！"，并镌刻在我们亿万公民的脑海中与心坎上。

无疑，上述楷模人物的先进事迹与壮举再次证明，"伟大出自平凡，平凡造就伟大"。由此昭示出，楷模人物的闪烁亮点与光辉，就是把最广大人民的利益视为最高利益。他们的高能量、高水平、高目标，无不源于日积月累的高素质、高境界、高贡献。增强素质与能力，应从"小我"做起，时不我待，义不容辞。我们正置身在楷模辈出、民富国强的新时代，敬仰楷模，学习楷模，争做楷模，永远在路上。

我坚信，楷模人物永远是国家和社会不可或缺的榜样、脊梁和中流砥柱，也是我们继往开来、与时俱进、守正培根铸魂、砥砺前行的航标。崇尚楷模不仅能使人生丰厚精彩，而且能促进深入践行新时代社会主义核心价值观，不断增强全国人民的凝聚力、创造力、战斗力，进而实现中华民族的伟大复兴。

平民楷模

1977 年，我家居住在大兴安岭克一河林业局（镇）址南 35 千米处的库亚林场，场址方圆约 1 千米，不足 200 户居民。我家东北面约 150 米处是林场"五七"家属生产队（响应"工业学大庆，农业学大寨"号召，由林场职工的家属们组成）的板夹泥房屋和菜地。当年，我读小学四年级，周末或暑假时，我经常与同学一起到家属生产队菜地里去看母亲们劳动，并伺机拔点水萝卜、胡萝卜吃。那期间，只要去家属生产队，我常能见到一位身高 1.7 米左右、体态匀称、面容清秀、性格文静的大哥哥和母亲们一起在菜地里参加劳动。他还及时地回答着母亲们七嘴八舌的问话，说话时他的脸上总是带着微笑。拉犁、铲地、浇水、施农家肥等累活苦活脏活，他都干得有模有样，认真用力。休息时，他就拿出教科书看，还偶尔用笔在书中画着重点。由于我是两年多前随父母从 12 千米外的特勒林场迁移过来的，所以我对他特别关注，也莫名好奇，心想这位大哥哥有眼力见儿，有体力，又勤快，还知书达理，为什么没到知青连去上班，而来家属生产队干活呢？询问后我才知道：他是本林场一位领导干部家的长子，名字叫高玉春；上学时，他一直品学兼优，高中毕业了，在家复习功课，准备考大学呢。他是替自己回老家探亲的母亲临时来家属生产队干活的……

成功总是眷顾向目标不懈努力的人。1978 年，高玉春被黑龙江省牡丹江师范学院录取，成为了国家恢复高考后我们林场第一个通过统考的大学生。据说，他毕业后分配到森工集团的一个处室工作，前些年去了海南发展。当年，我对他充满羡慕与敬佩，并情不自禁地把他视为我日常生活中崇尚的第一个平民楷模。

我曾想，必须向自己身边的平民楷模人物学习，努力做一个真挚真切、诚恳诚信、谦逊谦和、勤奋勤快、干净干练、坚韧坚持、有眼力见儿、吃苦耐劳、守正笃实、光明磊落的人。由于这位平民楷模人物的良好影响，接下来几年中，上学之余的时间里我学会了用缝纫机缝鞋垫、缝补衣服，也学会了粉刷墙、钉鸡舍、掏火墙、劈烧柴、煮米粥等家务活。寒暑假期间，还上山用人力车拉桦子，到草甸上用大扇刀割牧草，采野菜当猪饲料。还到距离林场东侧约 1 千米处家属生产队的手工制砖厂，帮我母亲拉土、和泥、做砖（土）坯子等。通过参加这些劳动，不仅增强了体质，也掌握了干活新技巧，更磨炼了意志。后来，由于较笨，我没考上高中，更与大学无缘。尽管遗憾，却无怨无悔。再后来，我曾拜读欣赏到中国作协会员内蒙古（大兴安岭林区）知名作家尹树义老师撰写的一篇题为《一个人的队伍》的精美短文；我甚是喜爱，甚受启发，甚受激励。因此，我曾郑重而严肃地安慰提醒自己："虽然智商不高，学历低，但体力还行，应该干啥像啥，即使将来大事做不了，小事应努力做好……"

"岁月不居，时光如流。"楷模芳名依然，楷模芳华依旧。2018 年夏季，我与小学同学聚会时，谈及相关话题，一位男同学感慨地说："其实，当年在库亚林场时，高玉春也是我心目中的榜样。"听此话后，我深有同感，并不意外，觉得这是情理中的事，当年以他为榜样的中小学校友一定还有许多。况且，我一直认同楷模的形象是高大的，精神是高尚的，影响是高远的，正能量是无穷、无尽、无限的。

2018 年 10 月 9 日（草稿）

2021 年 2 月 13 日（定稿）

生活中体现人素质的几段小故事

"素质"一词的主要含义是：事物本来的性质与特点及平日的修养。这是众所周知的。先摘录网络媒体中几段关于团队、家族和个人素质的小故事：

故事一：2018 年 7 月中旬，清华大学 19 名教师、120 余名大学生志愿者奔赴 15 个贫困县支教，接力进行第 13 次"暑期教育扶贫社会实践"活动。

故事二：湖北省建始县三里乡大沙河村村民万其珍的祖父在 140 多年前举家逃难到大沙河村；后来，为答谢当地村民的接纳与救助之恩，其祖父造了一条小木船，义务摆渡村民来往大沙河两岸；再后来，万其珍的叔叔和他本人及儿子，继往开来；至 2018 年，他们家族四代人已经累计义务摆渡 141 年，用平凡却传奇的行动续写了饱含诚信的素质故事。

故事三：2018 年 10 月，一名女士匆匆赶到某火车站售票大厅，当时她准备乘坐的车次很快要发车了；她焦急又恳切地与排在售票窗口前的一位男旅客商量后，马上买到了火车票。这时，把位置让出来的男旅客主动走到购票队列的末端重新排队。

故事四：据央视报道，2019 年 3 月下旬，湖北浠水县清泉镇鱼塘角村 71 岁的吴再明老人用自己历时 2 年辛勤拾废品攒的 8000 元钱买了 2 万多支铅笔捐赠给了本村小学。这些铅笔足够未来村校一二年级学生使用 4 年。

故事五：据《人民日报》微信公众号报道，2020 年 11 月 3 日，江苏省宜兴市一位家长顾先生带 2 岁孩子在小区一处清澈的池塘边玩耍时，孩子不慎打碎了携带的玻璃瓶；家长顾先生立刻赤脚下池塘捞捡碎玻璃。他说，虽然保洁员定期来这里收拾，但他也必须把碎玻璃从水中都捡出来；这样做是想让孩子知道：有些事虽然不是故意为之，但可能会伤害到别人，必须承担起属于自己的责任。对此，居民和网友广泛称赞："这才是榜样的力量。"此故事喻示：启蒙教育、素质教育、文明教育，言传身教、耳濡目染、以身作则很重要；其也像一面折射公德良俗的广角镜——对进小区单元不关门、随手丢垃圾、践踏草坪等不良行为的人，是个亮丽而暖心的提醒。平安社区、平安社会、平安中国建设，需要广大公民自觉做传承中华文明的撑伞人。

综上所述，凡人善举，遍布社会。良好的素质不仅自放光芒，而且是可以传承的，也是需要传承的。

下面所叙述的是生活中我们普通人都可能遇见或经历过的，体现人良好素质的几段小故事及其蕴含的小道理。

故事一：在综合商店里，一位挑剔的男顾客把货架上的两箱苹果翻个底朝天，将大个苹果都挑入自己的布兜，仍不满意，要求女售货员另开启一箱，未遂，就口出不逊："臭卖货的，有什么了不起的！"女售货员却平和地说："卖货的咋啦，货香！"男顾客竟然被说乐了，并随即道歉。此故事中，卖方的客观理念化解了买方的主观情绪。

故事二：一位男顾客顺路来到经常买东西的副食品商店，这次他只买了一瓶醋。女店主开口问："不买别的了？"男顾客随口道："不买别的了。"女店主不悦地接着说："哦，那就回家喝醋吧。"从此，男顾客再也不敢迈进这家副食店了。此故事中，取利者刚愎自用，取义者明哲保身。

故事三：一位同事三次偶然遇到朋友利用业余时间给楼区居民疏通下水道，禁不住说："你能干这个活，我由衷敬重你。"得到的回答是："干的是埋汰活，挣的是干净钱。"此故事佐证了君子爱财，取之有道。

故事四：新冠肺炎疫情防控期间的一个中午，在小镇东居民楼区北侧卡站门前，一位中年男子把一个迷彩大背包放在路面上，并对检查员说："排队登记的人多，我就不进院了，背包先放这儿，一会楼上下来人取，麻烦照看一眼。"……大约10分钟后，一位70多岁的老年人来取包。他吃力地把包背上肩。这时，一位戴眼镜和袖标的青年女子问："老大爷您住哪啊？我帮您把包送回家。""我住9号楼6楼……"她侧头又对旁边执勤的林业单位检查员说："叔，如果有居民进出，请你把社区设的情况登记表也填上……"一会儿，她气喘吁吁地快步返回岗位。她就在这个小区居委会工作，今天在此协助镇政府进行疫情检查。社区是社会的缩影，袖标象征一种责任，眼镜能助人看清路，背起包不是义务是担当。关键时刻，年轻人沿着老年人来时的足迹接力向前向上向高处走，不亦乐乎?！

故事五：冬季骑自行车上夜班的一位司炉工，总是在镇南公路上往返，而且携带着强光手电筒。每当对面有汽车开着刺眼的远光灯迎面驶来，他总是及时地把照在自行车前方的手电光束移向路旁的树丛。如果汽车司机随之把车灯变为近光，他就向司机招一下手表示谢意；如果汽车不减速不减远光灯距，他就从自行车上下来，直到汽车从身旁经过，再把手电光束照在路上继续骑行。此故事映衬出清者自清，浊者自浊。

故事六：在铁道口坡路地段，经常有一位老大爷拉着载满纸壳等废品的手推车吃力地上坡，每当此时总会有行人主动帮助推车。此故事彰显了民心思上，民情相融。还有的行人，凡看见经过的路上有影响交通安全的石头或固体丢落物都会将其移开。其举手之劳，排除了行路之险。

故事七：楼区有些居民，凡是自家有废品属于可回收类的，都另装一个塑料袋放在垃圾箱旁，是为拾废品的人取着方便；即使是废塑料袋，也将顺系成结；不能穿的旧衣服，也单独装个袋放到垃圾箱内。这既是相信万物皆有灵性、皆有尊严的夙愿，更是为曾经善待人或曾给予人体面与尊严的物品保持灵性与尊严。此故事体现了善人善举，万法归宗。

故事八：每逢降雪后，平房区习惯早起床的居民把自家门前雪扫完后，接着把邻居家门前的雪也扫了；起床稍晚的邻居不是频频客气，而是自发地坚持对一栋房巷道上被风吹来的白色垃圾进行清捡。此故事用行动延续了近邻如亲、民风淳朴的传统佳话。

故事九：在公共场所进出大门时，有些人拉开门后，随即又用手扶着门缓缓关上。此故事中司空见惯的"哐当"声，休于由衷顺势，止于无声胜有声。

故事十：笔者居住的小镇上有两位腿疾者自强不息，分别在步行街东、西两端开了小粮店和小菜店，生意较附近超市相对冷清。一位同事家住在步行街西南侧较繁华的楼区，距西侧小菜店约100米，距东侧小粮店约300米。偶然遇到同事舍近取远买粮，颇不解。后来，经观察了解得知，同事常年都到这两家小店买粮买菜，为的就是让小店少一份冷清，多一份收入。此故事中无亲有缘，路远心近，小善大爱。

故事十一：在小镇南端兴安国家森林公园正门外广场北侧与居民区之间的林草结合部，有一条由西向东流淌、清澈见底的小河。随着生态旅游和全民健身运动进一步拓展，到此或过桥途经此地进入公园的游客和锻炼身体的人较多，因而河岸和河里多处可见垃圾。不仅影响自然景观，而且污染自然水源。2015年以来，每逢夏秋季节的清晨5点左右，总能看见有位中年男子脚穿防水鞋，沿着河边反复"巡捡"。凡看见废弃的塑料袋、饭盒、饮料瓶等垃圾，他都弯腰用手或拿出自制的铁丝夹子，将其捡入随身携带的编织袋内。认识他的人亲切地称呼他"环保哥"，有的陌生人误视他为"拾荒人"，他也不解释，依然从容地"巡捡"。就这样，他已默默地清捡垃圾近4年了，甚至腿脚患上了风湿，也无怨无悔。直到2018年12月，克一河林业局第二届道德模范名单与事迹公布时，公众才知道：沿河"巡捡"垃圾的人名字叫张伟东，是一名在职的森林公安干警。饱含钦佩、感动、赞扬、敬意的"环保哥"雅号也不胫而走，在小镇几乎家喻户晓。记者问："你为什么坚持在河边清捡垃圾呢？"他说："保护国家森林资源，维护家乡生态环境是我的职责和义务，只要身体还行，就会继续这样做。其实，我用手重复捡起来的只是垃圾，总有一天，'随手一扔'的游人用心重捡起来的一定是美德。"令人欣慰的是，不仅这条小河边废弃的垃圾逐年明显减少，而且已经有几名志愿者加入到了"环保哥"的公益行动中来。此故事呈现出道德之道由洁心洁行洁境铸就，模范品质贵在朴实通透、忠诚执着、使命担当，敬模学模做模应从我和我们开始。

故事十二：20世纪90年代，某森工公司一位正派睿智、宽厚稳健、豁达谦和、年富力强的副处级领导在分管森林防灭火工作期间，一直兼任第一梯队总指挥。在火场，他常对灭火经验较丰富的科级专职副总指挥说："你带专业队伍打火头灭火线，我带基干队伍跟进清守火场；要坚持遵循'安全第一，科学扑救'的原则；战术层面可顺势而为，临机处置；若遇人力无法抗拒的因素，发生意外状况我负责。"其战果是次次林火，每每扑灭，人人无恙。任处级领导后，他提倡并笃行"贴民心、暖民心、顺民心、稳民心、得民心"的工作理念，带领职工群众探索发展食用菌养殖项目，并使其成为林区转型发展的龙头产业之一。主政森工集团后，他继往开来，团结奋进，担当作为，兴林富民，业绩斐然。此故事佐证了领导应是智慧引力、人格魅力、道德定力、工作魄力的代名词。作风应是不忘初心、不愧党心、不负民心、不枉公心。做派应是以人为本、为人忠厚、知人善任、用人所长。作为应是"权为民所用、情为民所系、利为民所谋",为官一任、造福一方。信仰应是理之冠、魂之巅、心之峰、情之顶、爱之极。信念应是国家大目标、集体中目标、个人小目标。信任应是凝聚力、融合力、战斗力、生产力。信心应是公然为公、我将无我、功成实功。

尽管上述的只是体现人素质的几段缩影,但却令人欣慰,给人暖意,引人思考,催人向好。生活中人们所见所闻,或亲力亲为的类似小故事还有许多许多,期待大家适时适度择境择优地讲述复述,并自觉履行践行。

2018 年 11 月 13 日(草稿)
2020 年 11 月 13 日(定稿)

漫谈同学聚会

同学聚会或守望同学同窗，或纪念青春青涩，或回忆校园校庆，或追赶时尚时代，或感谢师恩师德，或铭记教导教诲，或凝聚情感情谊，或沐浴乡音乡愁。谈到同学聚会，有必要提及同学会。二者区别在于：同学会是一种群团组织，应属社会层面，具有重要的历史意义；同学聚会或者说会同学，则是同学会背景下派生的一种同学联谊活动，应属人生层面，具有积极的现实意义。

同学聚会历来蕴含或折射着社会文明、知识结晶、人生信仰、心灵境界、情感芳华和生活的梦想、追求、期待、裨益与慰藉。目前，同学聚会在我国已经进入了鼎盛时期。这是基于社会安定、经济发展、交通便利、通信无阻的大环境，以及人民安居乐业、精神振奋、衣食无忧等条件所使然。如今，同学聚会已经成为普遍而朴实的一种民生现象、一种持久而独特的乡愁、一种靓丽而时尚的人生风景。

同学聚会既是一种社会现象，也是一种文化现象，属于生活常态。同学聚会的初衷应是回忆校园往事、联络交流同学感情、延续增进同学友谊的团队活动。同时，应义不容辞地践行社会主义核心价值观，传播人生正能量，直接或间接助力事业和工作，优化生活境界与质量。

同学聚会一般分为小学同学聚会、初中同学聚会、高中同学聚会、中专同学聚会、技工同学聚会、大学同学聚会、同班级同学聚会、同年级同学聚会、同校学友聚会等类别。参加聚会同学的年龄从10多岁至70多岁的都有。在校就读的大学中专技工高中学校的同学聚会，一般都选在母校或母校所在地。毕业后，除参加校庆外，这些层面的同学聚会一般都在同学工作与生活较集中的地方。通常在小学和初中义务教育阶段一起学习毕业，或由小学一直同读到高中的同学俗称"老同学"。其一般都在他们家乡的老学校或某个"老地方"聚会。

近年来，随着大兴安岭林区经济社会的跨越发展，每年特别是夏、秋季节和春节长假期间，返回林区机关所在地和各林业局（镇址）及林场聚会的同学一批接一批，此来彼往。参加聚会的同学主要是20世纪50年代后期至70年代末在林区出生的人，数量逾万不止。他们比较看重同学友谊，而且对生于斯长于斯的这片绿色山水和广袤土地满怀感恩与眷恋之情。定居外地归来的同学长思短聚，历久弥新，周而复始；本地蜗居的同学长调短吟，常聚常新，方兴未艾。

上述同学聚会的模式主要有两种。一种颇似"现场会"，即按预先筹划商定的人员、时间、地点等事项聚会。这种相对具有仪式感庄重感方位感，具有满满的引力魅力魔力，主要体现在有组织者、活动规则、日程安排、照相录像、统一服装和文字横幅等方面。来亦依依，聚亦依依，别亦依依。另一种颇像"形势会"，即因某同学归来，或某同学建议，或某件事催化，因势因需临时发起的同学聚会。这种相对具有较强的拉力弹力和亲和力。其主要特点是不受条框约束，即兴餐饮、乘兴说唱、尽兴游乐。聚也潇洒，散也潇洒，忆也潇洒。

凡正式的同学聚会都应有主题，有框架。可根据历次聚会的同学是小学还是初中，或辐射高中范畴，来确定相应的活动主题。诸如：某某中小学校某某届某某班毕业生家乡同学聚会、某某中学某某届毕业生母校同学聚会，等等。届时，主题印在横幅或屏幕轮播，同学们的自豪感团队感归宿感油然而生，交相萌动。然后应围绕主题，以乡情乡俗乡愁和学校学业学人为主线，把同学聚会办得亲切温馨热烈，令人感动，令人惬意，令人难忘。

同学聚会应组成"执委会"，并明确主持人。主持人应负责起草同学聚会联谊活动日程和注意事项。具体联络同学时，应通知本次聚会范围内能联系上的所有同学，联络面全覆盖。由于同学们都置身社会，况且正值或已逾中年，各自为工作和事业奔忙，或为家庭祖孙几代人的日常生活所累所困所缠，也许有的同学心有余而力不足，不能参加本次聚会。当然，其中也许有极个别的初心淡漠，居高自傲，对低端同学聚会不屑光顾，借口推诿，拒之远之；也许有的因某种难言之隐痛存在心理藩篱，纠结观望，归程无期。但是，应盛情邀请，真诚沟通，理解万岁。不应勉强苛求，要让受邀者对同学聚会心存羡慕与向往，使其主动争取下次参加。聚会最好在夏、秋季节，时间一周内为宜。费用方面，原则上均摊，这样大家都有所谓的"面子"和自我心理平衡感。生活较困难经济拮据的同学不妨免费，由其他同学集体买单；或象征地分摊一点，或由经济优裕的同学赞助。住宿可采取投亲靠友和客栈双轨制，干净温暖舒适即可。如果能在林俗元素浓郁、有火炉火墙火炕、有地板地窖地井的板夹泥老屋里住上，感觉应该最亲昵最安稳最接地气。饮食应以林区本土的笨鸡蛋、笨猪肉、柳根鱼、滑仔鱼、细鳞鱼、鲶鱼等特色"硬菜"和土豆、酸菜、木耳、蘑菇、"猴头"、柳蒿芽、蕨菜、黄花菜、四叶菜、"婆婆丁"等绿色山地产品为主，再加上林区自产自酿的散白酒、蓝莓和红豆饮料。这些芳香清鲜的山珍味道，总会让人感觉萌萌美美的。但是，饮酒时应以烘托气氛为主，可以任情豪迈高歌，任君品茗代"流霞"，不可任性饮烈酒。同学们毕竟已经过了一醉方休的年龄，身体健康指数都已今非昔比。如果每人统一配一套类似校服的休闲运动服，或一件T恤衫，一顶遮阳帽，这样的装扮就酷似在校时"恰同学少年，风华正茂，书生意气，挥斥方遒"的形象了。还应租赁一套照相录像器材，将活动过程录制成光盘。这样，聚会时同学们青春焕发的音容笑貌、舒娴举止，似梦非梦、如幻却真、亲历而熟悉的情景就真切地再现了，并会更深地嵌入记忆。

同学聚会应注重质量，注重情趣。特别是老同学关系是天然的纯洁的朴素的永恒的，没有杂质，没有利益纠葛。同学的人格尊严话语权都是平等的。聚会的每个同学都是主角，是红花又是绿叶。尽管时光流逝，时代进步，时尚变迁，同学还是原来的同学，童心未泯，情谊犹存。但是，大部分同学已经阔别十几年、几十年了，同学们的体貌的确变老了，当年的小伙伴变成了老伙伴。尤其是同学们的思想、学识、修养、性格、人脉和社会角色都发生了或多或少甚至巨大的变化。同学们应珍视珍爱珍惜难得的相聚机会，共同尽心尽情尽力把同学聚会办成名副其实高品位高质量高情趣的见面会、回忆会、联谊会。忆往昔同学同窗同读的情景倍感亲切，倍感豪迈，倍感幸运。同学们应本着共融共勉共享的理念，一言一行都立足于团队层面，不应滋生小动机小习气。彼此相互介绍一些定居地的环境气候与风土人情，多谈些过去孩提阶段和上学时期生活与学习的真景真情真相及鲜为人知的"传奇"故事，畅所欲言。谈话重点应围绕曾共同关注或经历的校园故事和青春往事及乡愁。在当年同学中，也许有的同学友情熟化成了亲情，有的懵懂恋情升华为爱情。当年同学中的念念不忘、蠢蠢欲动、欲罢不能、跃跃欲试、欲言又止、徘徘徊徊、反反复复、吸引人折磨人历练人的情节和片段仿佛历历在目，即使是小秘密小伎俩或大诡计大妄想，也应无畏自曝自讽，无畏人褒人贬，无谓苦果硕果，皆可以借酒场如实娓娓招来。知心珍重，知情达理，知过必改；化云为雨，化蛹为蝶，化丝为帛。让同学心中尘封已久的同窗"乡学"故事宗宗在心，栩栩如生，饱含黏度纯度亮度，如同陈年的酒醇香宜人。"横看成岭侧成峰""春华秋实""月上柳梢头""酒不醉人人自醉"都别有一种滋味与境界，或俊美或舒爽或曼妙。

　　当年，同学们一起受过公办学校的启蒙教育，有着相同的远大理想信念。但是，每个同学步入社会后的生活与工作经历不同，机遇不同，平台不同，学历不同，各有艰难困惑、酸甜苦辣，各有钟情长情隐情、喜怒哀乐，各有航线航迹航程、奋斗与收获。世界那么大，山外有山，楼外有楼。世人这么多，同学这么少，而且自有品质，自有风景，自有四季。不必量内存，不必比颜值，不必测性价比。同学间攀比毫无意义。人是有情物，同学情义无涯无瑕无价。素颜真面，坦荡清心，淡泊明志，宁静致远。尤其是当了领导或事业或生意上明显进步的同学，应保持达观的心态、稳健的定力、谦谨的举止和良好的形象，放平视角，换位思考，起到压舱石与风向标的作用；不应陶陶然飘飘然晕晕然，而流露出自满感超群感脱俗感，不宜用官本位或世俗的眼光与观念看待衡量似乎原地踏步的同学。讲话时应真挚优雅低调平和，避免心不在焉，目无凡人，口实言虚，高谈阔论。多讲"我们"曾经怎样怎样，少讲"我"一路风光，现在如何如何。应多与相对"弱势"的同学交谈，让其感到同学感情不是淡而是浓了，感到亲近想念牵挂暖心；让其感到相知相惜，相见恨晚；让其感到时间的严峻演替却无奈同学情谊地久天长。别让其觉得陌生失望虚情假意，觉得尴尬落寞寒心；别让其感受到距离感飘摇感失落感，觉得相厌相烦，相见不如不见；别让其真真切切、珍珍贵贵、温温火火的心意情谊湮灭在时空长河中。"弱势"同学应筑牢自信自居自立。同学间尊称尊重尊敬是必要的，向实力派看齐也是必要的。如果委屈心智，逢场作戏，言不由衷，镀光别人，抹黑自己，或无形无则地刻意奉承恭维讨好，就显得酸涩滑稽悲催了。无论同学同乡同事，若走到高处的人肯回首或低头用目用心用情看看旧人旧事旧物旧址，其实特别难能可贵。若君已经遇见乃是幸会；若君还未遇见，难免遗憾。恕我遐想，这遗憾中一定蕴含着同心同德、同甘共苦、同舟共济的真挚渴望与热切期待。

由于地域环境和传统民俗林俗的潜移默化的影响，林区人的秉性普遍豪爽好客，尤其是老同学相遇，较容易偏爱吃好喝好玩好的老习俗。如今大鱼大肉、好酒好烟、麻将扑克已经是逆时尚的佳肴佳酿佳品。因而，主持人应积极协调圆场补台，提倡"刚刚好"目标，力挺"康养"新理念，利惠"老"同学，浓妆淡抹总相宜。切莫把同学聚会变成同学聚餐，切莫把善待变慢待，联络变冷落，甜聚变苦聚，甚至事与愿违，悔憾离返，心迹足迹渐行渐远。

同学聚会还应体现亮点与意义。同学聚会期间，如果条件允许，可以根据大家的兴趣爱好特长适时地举办诗歌朗诵会、联谊舞会或篝火晚会。重唱《同桌的你》《村里有个姑娘叫小芳》，合唱《毕业歌》《年轻的朋友来相会》等浓情重义的歌曲，营造温馨热烈、心旷神怡的气氛。倾心合力的通透心灵，凝聚感情，巩固友谊，使同学聚会更精彩更浪漫更难舍。可以帮助贫困同学家庭发展产业致富，可以组团本地游、林区游、草原游、国境游等系列活动。这样，同学们既能广度欣赏分享北方雄浑风光，深度了解蒙古族、鄂伦春族、鄂温克族、达斡尔族等少数民族的民俗和林区林俗的历史内涵，深度领略传播森林和草原文化的精神实质；又能从生态与爱国旅游基地汲取继承"绿色"与"红色"基因，增强爱林区、爱北疆、爱祖国的情怀，还能适度购得心仪的旅游纪念品。同时，应谨循"友谊第一，安全至重"的忠告，体质不佳的同学不宜远游。也不妨宴请同学健在的父母们欢聚一堂，不妨专程看望慰问感恩老师与特困同学的家人，不妨开展回馈母校捐书捐物捐资助学等公益活动，以此提升同学聚会的品相品格品质，更大限度地丰富其内涵，释放正能量，共同度过快乐有趣而丰厚有意义的一段又一段美好时光。

此外，如果同学邂逅聚会，就不必拘泥形式了，在一起散散步，叙叙旧，喝喝茶，吃吃饭，彼此问候问候，关心关心，虔诚地祝愿对方及其家人安康幸福，并共同再相约再相思再相见。如果同学在网络空间聚会，通过QQ群和微信群，经常相互交流一些情况。特别是遇到儿女喜事、自己难事、老人白事时，同学相互通个信捧个场，人间常态，人之常情。同学还可以在网络上挂晒一些日常生活中学习劳动休闲娱乐时的"写真"影像，并分享主流媒体发布的彰显公平正义、时代主旋律、弘扬优秀文化和养生保健内容的文章图片视频，既赏心悦目，又益智宜体，进一步融入新时代新佳境。

岁月荏苒，天高云淡，风清气正，社会和谐，生命如歌。人，无论是青少年，还是而立、不惑、天命、花甲、古稀、耄耋之年，"有同学自远方来，不亦乐乎"？悠哉，乐哉，美哉！足矣。

2018 年 11 月 25 日（草稿）

2019 年 7 月 12 日（定稿）

根河纪行

我对呼伦贝尔的根河市既熟悉又陌生，既亲切又向往，即对市名熟悉，对市容陌生，对林俗亲切，对民俗向往。作为一名文学爱好者和业余作者及鄂温克民族文化的观瞻者、领略者，得知敖鲁古雅鄂温克民族乡迁至根河发展，得知中国作家协会《民族文学》"创阅中心"落户根河拓展，加之受鄂温克族著名作家乌热尔图《琥珀色的篝火》、土家族著名作家叶梅《根河之恋》、著名作家余秋雨《文化苦旅》等著作的熏陶与启发，我曾完成了一次说走就走的旅行，得以探寻观览分享了根河自然生态、社会生态和民俗文化、生态文化所具有的品质与芳华。

向根河进发

2019年9月7日8时6分，我独自一人从居住地鄂伦春自治旗克一河镇内（S301省道282公里标识牌处）骑着一辆1986年生产的275型凤凰牌旧"大众"自行车，向西北方向的根河市进发。此前，曾经诚恳邀请两位同事一同前往根河，年轻的王同事微笑着说："路有点远，要么我开车陪你去……"年长的同事代兄面带兴奋却摇着头说："我真想去，但骑自行车路确实有点远，心有余而力不足……"遗憾之余，我自下决心，积蓄力量，自行鼓劲。原计划当天7时出发，不巧高血压袭来，服用降压药后延迟出发。魅力与引力在根河，动力与耐力在吾身体。心中有远方有目标有希望，就不觉得山高路远水长。同顶一片蔚蓝天空，同护一片绿色森林，同居一方黑色沃土，就不会觉得离故乡渐行渐远。

道路上偶尔有公交车、私家车、运输车、邮政车、收割机等车辆擦肩而过或并肩而行。某种意义上讲，这些车辆似乎都是我的同行者，逆行车是报平安的，顺行车是伴行的。因而，竟然觉得会车时的历险和风险，瞬间转变为化险为夷的惊奇与惊叹。特别令人注目的是，路旁十几米或稍远些，与此S301省道平行或叠加的G332国道修筑现场。

环视这个筑路工地，也不过二十几个人。早些年成群结队的工人一起锹铲土、肩挑筐、手推车"人海"战术施工，热火朝天的劳动场面已经成为遥远的记忆，取而代之的是机械"车团"施工。看着往来穿梭的筑路翻斗车和轰鸣声此起彼伏的推土机、挖掘机高效筑路的繁忙景象，笔者的心情由出发前的喜悦、孤寂、急切，变得欣慰、淡定、豪迈。

8时46分，在S301省道290千米标识牌附近（66林政防火检查站）我停下来，请检查员帮忙拍了一张照片，为"出境"壮行；这似乎平添一种壮士出征和墨客"西出阳关"交织的感觉。笔者对这条S301省道克一河至伊图里河约73千米的路况记忆较深刻。2003年8月，为赶工期，克一河局防火办曾出动数十名职工支援此道路建设，并圆满完成了库布春——伊图里河区间道旁混凝土结构安全警示桩的运输与设立任务。

9时22分，骑行到达伊图里河林业局银阿林场（S301省道295千米处），在道边的一家小型便民超市买了几瓶矿泉水和即食食品后，又继续赶路。银阿林场坐落在国有"牙林铁路线"（牙克石至加格达奇）旁，原来的四等火车站已经变成"乘降所"。这里原有居民大部分已"生态移民"到牙克石市"林业棚户区"，现有的几十户居民几乎都是林业系统从事森林管护工作的职工，其家属与子女平时都在城里。每逢学校放假或"采山"季节，这里人气地气财气喜气交融，人声沸腾一些。20世纪70—80年代，铁路系统在这里开设了一个规模不大的售货商店，日常用的小商品较全，特别是学生用的作业本、女孩用的头绳、齐齐哈尔铁路部门生产的老式"酸甜面包"等令人心驰神往、过目难忘。每逢周末或过节，居住在克一河镇的许多学生"小朋友"们或乘坐火车，或公路搭车，或骑自行车，或坐马车，纷纷到此购物，其乐融融。时空隧道、山间大道、人生漫道，道道通衢。边骑行边回忆，思想与身体同时在路上，甚是难得，甚是珍贵，甚是惬意。

向前骑行，笔者邂逅三位"采山"的中年女子。她们背着灰色塑料箩筐从路边树丛里走上省道，每个箩筐内都装有大半筐新鲜的野生蘑菇。我在她们身旁停下自行车，主动搭话攀谈："请问今年的蘑菇丰收么？"得到的回答是："今年野生蘑菇挺多的，每天早晨出来在林场周边方圆2千米范围内就能采到20—30斤鲜蘑菇，干蘑菇的收购价格每斤60多元，估计秋季'采山'仅蘑菇一项，每位常跑山的人平均能收入3000元以上。"她们说的只是上门收购的价格，如果"采山"者把自己采到的天然野生蘑菇带到牙克石、海拉尔等城市的早市或社区直销，收入会更多一些。笔者与"采山"人话别后，接着向前骑行。头顶的阳光温暖而不炽热。蓝天飘着白云，却不遮光，仿佛甘做点缀。秋风清爽宜人，微凉却不冷。举目眺望路旁150米外，原来的一片近百亩的农田已经退耕还林，一株株约半米高的云杉幼树郁郁葱葱。路旁用体积适当的沙袋，搭压在木横梁上，固定"前方施工请绕行"路标提示牌的巧方法，凸显出道路建设者们的匠心与智慧。

设置在公路旁的森林资源保护宣传牌、防火"虎威威"雕塑，虽肃然挺立，却明理示法，善解人意；防火彩旗迎风猎猎，频频含笑致意，令人亲切；晶莹透亮的溪水，依偎着河床含爱低声嬉闹着，奔向远方含羞约会。英姿挺拔的松树、婷婷玉立的桦树，犹如成双成对的处子与少女，含情脉脉，暗送秋波，却只在原地矜持并肩倾诉爱慕，不负韶华，不随俗相拥相抱，而且联心联袂相映成荫，为林下动植物遮阳挡雨。定力魅力皆俱，令人钦佩。这些如同一支兵种不同却凝心聚力、训练有素、萌动律动的队伍，有温度，有风度，有气度，仿佛共同让无伴有趣的骑行者体验生态之美，体验生活之真，体验生灵之重。

公路交通部门设置的测速仪、斑马线、警示桩，无声提示着现代规则与交通安全。铁路钢轨与沥青公路并驾齐驱，彰显着林区交通大动脉基础坚实、行稳至远。电线杆和10千伏、66千伏、110千伏高压输电线路与铁塔，外环相同内环相连，点亮林区民生与生态建设；移动塔、联通塔、电信塔、携手矗立，主流信息直达千家万户，党心所指，国脉相承，民心相通。遍布林区的砂石公路、冬季简易路、夏季简易路等负重有功的基础设施，犹如支撑林业生产生活的脊梁、骨骼和血管。20世纪60—70年代，林区如火如荼大规模开展营造林和木材生产期间，广大林业职工响应国家号召，发扬"艰苦奋斗，无私奉献"的大兴安岭人精神，本着先生产后生活的原则，逢山开路，遇水架桥，生产场地迁移到哪个沟系，路就延伸到哪里，工队帐篷就建在哪里。通过这些道路把大量优质木材运往祖国四面八方，为国土绿化和支援国家建设做出了重要贡献。沿着 S301 省道继续向前骑行，原野上绿色与金黄色交织的自然景物和人文生产场面，遥相辉映。眼前的风景、身边的风景、心中的风景都是祖国的风景，给人希冀，强人风骨，令人心旷神怡。

当日 14 时，我骑行到伊图里河林业局所在地伊东。也许由于连续骑行近 6 小时体力消耗较大，血压似乎升高，头胸部位感到明显不适。于是，走进路旁一家面馆充饥小憩，并固执地教促自己坚定信心，坚持前进。由此继续骑行约半个小时到了伊图里河镇内的火车站附近（S301 省道 353 千米路牌处）。伊图里河是内蒙古大兴安岭林区铁路交通的枢纽，每天有 8 趟旅客列车经由此站，分别开往海拉尔、哈尔滨、根河、莫尔道嘎、满归。由此向北约 600 米山坡处的建筑群是原伊图里河铁路分局所在地（1998—2003 年间，伊图里河站至北京站，每周隔日有始发直达的 K39/K40 快速旅客列车）。15 时 6 分，从伊图里河镇区离开向根河方向进发。向前骑行约 2 千米，就望见路旁左侧的崔曾女纪念林，并短暂停留俯身拜谒。崔曾女纪念林，总面积 13.9 公顷，是根据《内蒙古大兴安岭林区纪念林管理暂行办法》，为弘扬崔曾女同志的先进模范事迹，伊图里河林业局于 2012 年 5 月动工修建，6 月 28 日揭幕的党员青年爱国主义教育基地。在一脉连绵的山岭、挺拔苍翠的松柏和婷婷玉立的白桦林大背景映衬下，在一座三级台阶高的白色花岗岩砌成的带护栏的平台上矗立着崔曾女半身雕塑，显得格外肃穆庄重，令人深情崇敬与深切缅怀。崔曾女，朝鲜族，1944 年从朝鲜来到中国，两年后参加中国人民解放军，1953 年到伊图里河林业局参加工作，后来加入中国共产党。2003 年 3 月 20 日，崔曾女同志将自己退休 20 余年积攒的数万元作为党费一次性交给党组织。2009 年逝世，时年 91 岁。崔曾女生前是优秀共产党员和内蒙古大兴安岭林区道德模范。她的一生可用 10 个字概括：清贫却富有，平凡而伟大。无论在战争年代，还是在林区开发建设中，她始终以实际行动履行了共产党员的崇高使命。她对党忠诚、淡泊名利、爱岗敬业、作风朴实、不求索取的高尚情操，理应是党员学习活动的典型，而且值得我们林业职工，特别是共产党员长期学习与传承。

从崔曾女纪念林处，沿着 S301 省道继续骑行北上。这段道路位于山岭地带，坡距较远，坡度较大，我只能推着自行车走，直至 S301 省道 358 千米附近，即公路与铁路交会的护路扳道房处。当时，明显体力不济。恰好，由此处至根河市一路下坡。但是，路面减速带较多，骑行时几乎一路刹闸控制速度，主要担心自行车过于颠簸轮胎气针被震动脱落。幸好一切顺利。当日 17 时，骑行至 S301 省道 370 千米路牌附近，路左侧不远处是根河市郊区好里堡（2006 年 5 月，好里堡镇变更为好里堡街道办事处）。距离好里堡西南方向约 7 千米处，是内蒙古大兴安岭航空护林局所在地。对此，感觉较亲切，因为单位同事多次乘坐航站的飞机参加灭火战斗。

初识根河

2019 年 9 月 7 日 17 时 30 分，骑行至根河市区南入口（根河源国家湿地公园旁）。站在此处清晰可见路东北侧百米以外耸立着一座约 30 米高、外表为玻璃的尖状直塔，塔体表面自上而下贴着"中国冷极"四个醒目的红色大字，还匹配有"0—-60℃"的气温标识数字（2009 年 12 月 31 日凌晨，根河市静岭检查站林业职工自行测出了零下 58 摄氏度的最低气温）。在此处我推着自行车缓步前行，在距离市区 1 千米的路标牌处停下，并恳请正向市区方向骑行、途经此处的一位看似 40 岁左右的男子帮助拍了一张与根河地标"中国冷极"标识塔的合影。这确实让笔者感受到了"冷极"暖男赠予的暖意！在此，向这位热心热情的根河市民再次表达真挚的感谢！

根河市是内蒙古自治区呼伦贝尔市的一个县级市，位于大兴安岭北段西坡，呼伦贝尔市北部。根河，源于蒙古语"葛根高勒"，蒙古语意为"清澈透明的河"。东与鄂伦春自治旗为邻，西与额尔古纳市接壤，南连牙克石市，北接黑龙江省大兴安岭地区漠河县呼中区。根河市总面积 2.001 万平方千米；海拔高度在 700—1300 米，最高峰奥科里堆山位于激流河东侧阿龙山境内，海拔 1520 米，也是大兴安岭北部最高峰。境内水文地理属于黑龙江流域。根河生态功能区属寒温带湿润型森林气候，并具有大陆季风性气候特征。其主要特点是寒冷湿润，冬季长，夏季短；年平均气温为零下 5.3 摄氏度，无霜期约为 70—90 天。1994 年 4 月 28 日，国务院批准撤销额尔古纳左旗，设立根河市（县级）。根河是全国森林覆盖率最高的县级市（森林覆盖率为 91.7%），是全国最冷的县级城市（极端气温 –58℃），是全国唯一有驯鹿种群的城市（敖鲁古雅鄂温克族乡饲养驯鹿群约 1200 头，并把驯鹿作为主要生产生活方式）。敖鲁古雅鄂温克族乡以"驯鹿文化之乡"著称，入选国家文化部 2011—2013 年度"中国民间文化艺术之乡"，这也是呼伦贝尔市唯一入选乡镇。四位鄂温克人被确定为自治区非物质文化遗产传承人。曾成功举办 2013 年世界驯鹿养殖者代表大会，其"使鹿文化"闻名中外。

根河源国家湿地公园与停伐纪念地

"问渠那得清如许，为有源头活水来。"众所周知，湿地被称为"地球之肾"。湿地在吸收二氧化碳气体、释放氧气、优化空气、涵养水源、净化水质、提供食物、调节径流、蓄洪防旱、补充地下水、防止土壤沙化、保护生物多样性、维持生态平衡，以及教育科研等诸多方面都具有重要的作用，是人类赖以生存与可持续发展的宝贵自然资源。

说到根河，根河源国家湿地公园是一个不应绕开的话题。根河源国家湿地公园位于内蒙古大兴安岭北麓西坡中段（根河市辖区境内）。因额尔古纳河最大支流根河横贯境内而得名。是国家林业局 2011 年批准建立的国家 AAAA 级湿地公园景区（总占地面积 59060.48 公顷，各类湿地面积 20291.01 公顷，湿地率 34.36%）。公园内拥有森林、沼泽、河流、湖泊等生态要素，是目前我国保持原生状态完好、典型的寒温带湿地生态系统。根河湿地公园曾被誉为"中国冷极湿地天然博物馆"和"中国环境教育的珠穆朗玛峰"，其中的大兴安岭房车露营基地被中国游钓协会定为"游钓基地"，被内蒙古自治区总工会定为"全区职工疗休养基地"。这里是人们森林生态观光、房车自驾、餐饮娱乐、野生动植物观赏、冷极湾漂流体验的好去处。笔者在根河市骑行和步行途中，"森工大道""得耳布尔街""好里堡街""防洪西路""敖鲁古雅路"等体现本土地特征与林俗民俗特色的街道标识牌相继映入眼帘，感到醒目，感到亲切，受到启迪，其中一定蕴含着许多传统且精粹的林俗民俗元素和先进且美好的现代文明文化内涵。

内蒙古大兴安岭林区（森工集团）停伐纪念地是根河境内的新亮点新地

标。据报道，2015年3月31日，是一个"挂锯停斧"有纪念意义的日子。为响应国家号召，那一日内蒙古大兴安岭重点国有林区全面停止天然林商业性采伐仪式在根河林业局乌力库玛517工队作业点举行。随着"顺山倒"的号子声，最后一棵兴安落叶松缓缓倒下的那一刻，意味着长达63年的木材生产工作停止，意味着"伐树"人豪迈转型为"护树"人。由此，根河市辖区的五个国有林业局，全部转型为以生态保护建设为主业。后来，内蒙古大兴安岭林区（森工集团）停伐纪念地——根河林业局有限公司乌力库玛517工队的旧址，成为集林俗观光、住宿、餐饮、娱乐于一体的"工棚文化"旅游地，在此能见证林业的变迁，倾听林区的心声，感受时代的脉搏。几十年来，内蒙古大兴安岭林区几代务林人以高度的责任感和使命感，爬冰卧雪，迎风冒雨，艰苦奋斗，无私奉献，为服务国家经济建设做出了重大贡献。祖国铭记，历史铭记，未来铭记。如今，内蒙古大兴安岭林区广大务林人正沿着党和政府提出的"生态优先，绿色发展"之路奋力前进。

又见敖鲁古雅

我曾于1999年6月21—24日，在根河市满归镇参加"兴安绿野文学笔会暨内蒙古职工文学创作改稿会"期间，跟随应邀参加笔会的时任内蒙古文联副主席哈斯乌拉、中国林业文联副秘书长邵权熙、林管局党委副书记张静涛、林管局党委宣传部部长刘振国、副部长侯建华等领导，以及中国作家协会《文艺报》副刊部主任冯秋子、《十月》《天津文学》《内蒙古日报》《草原》《林海日报》等报纸杂志编辑老师为主体的团队，到过敖鲁古雅鄂温克族猎民乡原址，参观了"敖鲁古雅鄂温克族博物馆"。在博物馆里，初次现场见证了敖鲁古雅鄂温克族独特的狩猎民俗文化、使鹿文化、生态文化、历史遗存与继承发展的文字与图片资料，拜阅了馆藏的"鄂温克族历史上第一个有影响力的著名作家"乌热尔图老师撰写的多部文学、史学著作。还乘车100多千米赶到大山密林深处的驯鹿点，并且荣幸拜见了敖鲁古雅鄂温克族女酋长——玛利亚·索。

2019年9月8日8时10分，我骑自行车由根河市吉祥主题宾馆出发，兴致勃勃地奔向阔别 20 年的所心仪的美丽"敖鲁古雅",所思念的魅力"敖鲁古雅",所追崇的明星"敖鲁古雅"。骑行大约 20 分钟后,终于又见到了敖鲁古雅!……

从悠久的历史看,敖鲁古雅是深邃厚重的;从现实看,敖鲁古雅是高度文明的。由于观察、认知、感悟能力所限,难以用文字准确呈现一个既深邃厚重又高度文明的敖鲁古雅。因此,我不赘述敖鲁古雅的历史与现实。但是,在此我郑重把官方与记者记录敖鲁古雅鄂温克族沧桑而光辉的"家族身世"的文章推荐给读者,作为优秀传统文化与现代文明共鉴或参考。

以下文字转引自根河市人民政府网站及呼伦贝尔市文化旅游广电局公众号:

敖鲁古雅鄂温克族猎民乡是中国唯一饲养驯鹿的使鹿部落,也被称为"中国最后的狩猎部落"。狩猎是人类历史上最悠久的生存方式,在山林里游猎和饲养驯鹿是敖鲁古雅鄂温克族古老历史的生动写照。过去,敖鲁古雅人养驯鹿只是作为运输工具,一头驯鹿可以负重 35 千克左右,每小时可以行走 5 千米。1964 年,割鹿茸取得了成功。现在,驯鹿已经不大用来运输了,而成了当地人的主要经济来源,中国现存的驯鹿大约只有 1200 只左右。

提到驯鹿,必须要讲的就是敖鲁古雅的女酋长——玛利亚·索。她是鄂温克族四大氏族"卡尔他昆氏族"人,出生于 1921 年,是中国最后一个部落酋长。这位老酋长带着她的民族,走过了一个个坎坷,逐渐走向昌荣,在中国仅有的这些驯鹿中,有一半都经由这位老酋长的哺育。玛利亚·索几乎一辈子都在山上度过,是猎民点唯一不会说汉语的老人,她善良无私,赢得了族人的尊重与信任,成为了使鹿鄂温克的精神领袖。根河市紧紧抓住西部大开发战略和天然林保护工程的实施这一历史机遇,2003 年 8 月,敖鲁古雅乡整体"生态移民",迁徙至根河市西郊约 3 千米处的三车间(S301 省道 378—379 千米路两侧)。这为使鹿鄂温克的猎民们在山下提供了更为现代化的居住处,但玛利亚·索依然选择留在山上守护她的动物伙伴。她对儿子说:"驯鹿离不开林子,山下我们住得好，驯鹿住的地方不好，不想下山。"在她的影响下，一些下了山的猎民又追随她重新回到了山林里。因为这位"山林守护神"的坚持，猎民点才能延续至今，并且尽可能保存下了使鹿鄂温克的民俗文化。这位经历了近一个世纪的老酋长总是沉默地望着养育他们的森林，她带领着她的族民守护着这片神赐的森林，这片森林也永久守护着老酋长和她的族民。近年来，敖鲁古雅使鹿部落景区在继承传统文化习俗内容的斯特若衣查节、瑟宾节、使鹿部落文化节的基础上，切实探索"生态＋民俗＋旅游"发展模式，坚定不移走"生态优先、绿色发展"之路。2021 年 5 月，根河敖鲁古雅旅游隆重推出的"新鹿苑"景区占地面积 3 公顷，位于敖鲁古雅北欧风情民宿、花海影院的丛林中。"深林见鹿踪"这一具有浓厚文化底蕴的历史景观，游客可以在这里体验人与自然的和谐共生。诸如：观摩体验敖鲁古雅驯鹿迁徙实景演艺、《暖阳——敖鲁古雅传统婚礼民俗》实景演艺，押加、布鲁、索套、篝火晚会系列民俗活动。制作太阳花、撮罗子等鄂温克民族传统民俗手工艺品；在驯鹿小雅餐厅品尝鄂温克列巴、奶茶、烤肉串等特色餐饮；购买驯鹿、桦树皮等鄂温克民俗文化元素的精美旅游纪念等。

通过品读上述文字和在敖鲁古雅景区实地参观中，我领略到了鄂温克民族人与自然高度和谐、生生不息的活力定力魅力，以及鄂温克优秀传统民俗文化与时俱进的风骨风物风情之美。参观过程中，我结识了景区的工作人员卜金林，他热情亲切纯朴勤劳，我尊称他"卜哥"，而且与他在"中国最后的狩猎部落敖鲁古雅"景区石质标识牌前合影留念，还彼此加了微信。令我记忆犹新的是，在景区西端小广场（S301 省道 379 千米路牌附近），三位相貌年纪二十出头、浙江口音的男游客眼睛盯着我的自行车，不约而同快步围拢过来，情不自禁异口同声呼喊："'大二八'自行车！！！真嗨！"当时，我也被他们的惊叹之举所感动，瞬间心情亢奋，自豪与欣慰溢于言表……

既是上述自行车受"追捧"情景的激励，也是对自行车情有独钟的缘故，近期，分别阅读了《初心为民——习近平与一辆二八自行车的故事》《自行车"驼峰航线"的故事》《自行车原来是这么发明的》《第一款国产自行车》《一组老照片看中国自行车变迁史》等由国家主流媒体推出的关于自行车的文章。在此将阅读中获知的概念与自己的一些小感触做简单表述："自行车是一种简单、负担得起、可靠、清洁和环保的可持续交通工具，也是一种体育健身器材。""1950年7月，国产的首批10辆试制飞鸽牌自行车在天津诞生；20世纪70年代初期至20世纪90年代初期，是我国自行车全面普及期和拥有量高峰期，使我国成为名副其实的'自行车王国'。"当时，自行车几乎是我们中国人普遍关注的亮点"大件"，是共同关心的热点话题。许许多多的家庭都有可娓娓道来的关于自行车的真实动人故事；许许多多的人都有一段或骑、或坐、或推、或借、或租、或看、或买、或卖、或修自行车的经历。多年来，我一直把自行车视为一位忠实的朋友，也一直特别信任、依赖、善待"她"。初次远程骑行是1980年春节前夕，与一位同学从居住地库亚林场骑行35千米，到克一河镇购买鞭炮、对联等年货……对此，至今仍记忆犹新。我感悟到，在生活中，自行车不仅承载着人的身体与物品，同时也承载着人的情感、执念、乡愁、远方等相关的美好记忆。从某种意义上讲，自行车的航迹也是人生的航迹、社会的航迹、时代的航迹；骑自行车最能唤起人"从哪里出发，到哪里去"的思考；骑自行车既能激发人自重、自省、自勉、自理、自立意识，又能锤炼人的意志与定力，锻炼人的体质与耐力；特别是老式自行车，能使骑行人挺直脊梁腰板，也能让人保持初心，回眸走过的路。自行车与汽车同样具有运载的功能和使命；汽车能到达的地方，自行车都能到达。其区别也许主要是生活方式的传统与时尚，生活节奏的缓慢与快捷。仅就林区小镇上班族而言，买汽车的人也许觉得上班路较远，没买汽车骑行上班的人也许觉得自行车还能适应上班需要。有汽车却又常常骑自行车的人，理应是身体力行健康与低碳理念的达人。"人生就像骑自行车，想保持平衡就得前行"这话颇有道理与启示。

　　我骑的这辆历经岁月洗礼已达"不惑之年"的凤凰牌旧"大众"自行车，近年曾参加过两届"林业局级公路自行车比赛"，而且均获得冠军，理应属于"功臣"。鉴于自行车在这次远行中，老骥伏枥负重续航的坚强表现，为犒劳"功臣"，我计划通过长途邮政汽车托运"功臣"凯旋。

再别敖鲁古雅

2019 年 9 月 8 日 11 时 25 分，我依依不舍悄然告别敖鲁古雅，由景区返回根河市区吉祥主题宾馆。尽管长途短游，尽管意犹未尽，尽管行程未满，由于秋季森林防火期临近，周一还是要赶回单位上班。经朋友帮助联系，13 时左右，我把自行车临时寄存在顺通批发市场院内的李家菜店。14 时，我散步来到根河市火车站等候 10 年前开通的 K7094 次旅客列车。

为推进全域旅游发展，打造中国冷极、敖鲁古雅、林海雪原等旅游品牌，促进林区经济社会高质量发展，在铁路系统的大力支持下，2009 年 7 月 10 日中午，根河市至哈尔滨的首发旅客列车运行（每天对开两列，K7093/K7094）。这不仅标志着根河市的交通融入了东北铁路大动脉，也为该市民生改善、生态保护、旅游等各项事业同步发展发挥了积极助推作用。2019 年 9 月 8 日 15 时 10 分，我乘坐 K7094 次列车返程。当日 18 时返回克一河，翌日自行车也搭乘"邮政车"回到家。

此次根河纪行，虽然时间较短，却发现颇多亮点，认知亦颇丰，而且眷恋正浓。对根河难免有相见恨晚之情：一是没参观"停伐纪念地"；二是没拜谒"刘少奇主席考察林区旧址暨塑像"；三是没拜访《民族文学》根河"创阅中心"（来根河之前，在媒体上得知，2019 年 9 月 5 日中国作家协会《民族文学》根河林业局创作阅读中心"正式挂牌成立。同年 4 月，我投稿《民族文学》，参加了"庆祝新中国成立 70 周年征文活动"；此后笔者陆续收到了赠阅的 2019 年 1—12 期《民族文学》杂志，自然是珍视珍藏。因而，对《民族文学》一直心怀感动感激感恩，希望能就近到"创阅中心"拜访）。也许遗憾就是一种壮美，况且遗憾本身蕴含着新的期盼。

生态根河！大美根河！魅力根河！生机盎然……敖鲁古雅！别来无恙！生生不息！未来可期……

2021 年 5 月 13 日（草稿）
2021 年 5 月 18 日（定稿）

亲历医事暖心医者漫忆

多年来，我与痼疾和医护工作者有着难解之缘，此文慎重梳理记录一些所见所历所悟，体现医者仁心仁术仁德仁爱的闪光事迹，以示对医者深厚的敬意、深切的感恩和深情的纪念。

生老病殁是自然规律，不以人的意愿和喜恶而转移。生活中大多数人都有就医的经历，有的是诊疗，有的是陪护，有的则是保健或美容。著名作家史铁生曾感慨地说："我这48年大约有一半时间用于生病。"对此，我感同身受，心照而宣：疾病君眷顾我几十年，不离不弃；只好把自己人生的时间割舍成一段一段的赠疾病君共享（作为患者，有一个小感触：即有病多对医生说，多对护士说，多对患者说，多对自己说，尽量少对健康者说。健康者与患者之间，也许很难有真正意义上的感同身受；只有当健康者也病了，住院了，才能真正体会到哪家医院更强、哪家医生更佳、哪个亲朋更好。这仅供参考）。因而，经常与疾病对峙，比试彼此谁更坚强。当我每每比试呈弱势时，总是邂逅良医良方良药，每每化险为夷。"常怀感恩之心，常念相助之人。"下面讲述几个真实的难忘的感动的就医小故事。

故事一：尽管"命运多舛"这个词像魔怪并不讨人喜欢，甚至令人烦恼；可它在人们的生活里却时而悄然隐形，时而招摇行虐。其曾难为纠缠我至难拒难堪，但我的身体与意志在磨难磨砺中似乎更坚强。早年我曾听母亲讲："你出生的时候刚八个月胎龄，属于早产婴儿……"大家都知道，在我国民间"七活八不活"的俗语流传甚广。在生死攸关时刻，万幸的是我被一位老中医挽救，才免于早夭。母亲讲："你刚满周岁时，体质弱，脖子软得无力挺起头颅，经常耷拉着脑袋，一度眼珠呆滞且呈泛蓝色，有时甚至抽搐。当时许多邻居都同情地说'这孩子难熬啊……'"其潜台词大家懂。据母亲说，恰好当年附近一户邻居家由外省来了一位串门的亲戚，是位老中医，而且那户热心的邻居把我的病情告诉了老中医。逗留期间，那位60多岁的老中医两次为我看舌、把脉、诊疗，并亲手配制了三服红砖颜色粉末的中药。灌下中药后不久，疗效明显，我的病症一脉向好，并转危为安。从幼年直至成年阶段，除智商不高（特别是对数学，即使用力甚多、学时甚长，依然懂之甚少），其他则如常人常态。由此可见，是那位医术精湛"妙手回春，药到病除"的老中医给了我第二次生命。尽管不知道那位对我恩重如山的老先生尊姓大名，但是，在我心目中铭记中医就是他神圣的名字。因此，我对中华传统文化瑰宝之一，独特、浑厚而神奇的中医中药满怀敬畏、亲切、挚爱与自豪。

故事二：1976年春夏之交，我患过一场疾病。之所以用"一场"这个词，是因为真正病因不明，持续时间较长，而且经历一场公祭活动不久后疾病黯然自愈。当年正读小学三年级的我突然患上一种疾病，主要症状是头晕目眩肢体无力，独立行走艰难。休学在家期间，父母曾多次背着我到所在林场的卫生所求医觅药。20世纪70年代的医学诊疗设备普遍落后匮乏，特别是偏远林区的医生主要靠听诊器和接诊经验从事公共医疗卫生服务工作。据了解，当时林场卫生所的医生是将我作为疑似重感冒后遗症病人给药，不对症，所以疗效甚微，导致体质体态每况愈下。1976年9月9日，中华人民共和国的主要缔造者、中国人民的伟大领袖毛主席与世长辞。噩耗传出，举国同悲，全民哀悼。当时，我居住与上学的库亚林场也举行了肃穆庄严的悼念活动。记得那天，我是被同学搀扶着由家里走出来，随同林场的1000余名职工、家属、知青和师生，有组织、有秩序地缓步来到位于林场东部大俱乐部内参加悼念活动。我的举止心情与现场父老乡亲们的一样，胸前别着一朵纸质白花，情不自禁地将自己悲痛而真挚的恸哭声与低沉而伤婉的哀乐声融在一起，共同缅怀毛主席，寄托对他的无上崇敬、无比热爱、无限哀思与深切怀念。经历这次公祭活动后大约半个月，袭扰我三个多月的疾病竟然奇迹般地自愈了。也让我一直记忆犹新。

故事三：1989年5月初，我应一位同学（T50型履带式拖拉机驾驶员）之约，临时到所在的库亚林场1.5千米沟系支线公路东侧的一座山上做运输原木的生产劳动。几天后的上午，在拖拉机满载木材向山下行驶过程中，在副驾驶座位上的我突然抽搐，所幸的是当时听觉视觉意识正常，只是不能说话。5月9日，林场卫生所将我转至林业局职工医院初步诊疗。之后，我坐了约310千米的火车，转至牙克石林业管理局职工医院（现内蒙古林业总医院）检查。据说，当时林管局医院刚引进新型CT设备不久，还没有技术娴熟的操作员。时任院长孙呈祥曾经在国外进修过CT设备的管理使用，所以他每周执机兼诊2天。因而，我有幸得到孙呈祥院长的诊断与关照。他给我的印象是学者型医生，说话亲切，态度和蔼豁达，举止儒雅稳健干练。记得我是5月20日在林管局医院做颅脑CT扫描。5月27日，我到诊室没见到颅脑CT扫描报告单，孙院长在就医手册医嘱栏内的签字简洁明确："发现可疑病变，待造影复查。"当时，孙院长问："你头部受过伤吗？"我说，隐约记得六七岁的时候，我在玩耍乱跑时，被正起土豆的一位王姓大哥用铁制的二齿钩刨伤过一次。听后，孙院长宽慰说："你颅脑CT扫描影像片子中显示的阴影应该与钝器所留的旧伤痕有关系，应该没大问题，思想别有压力，我给你开一个疗程的药，你回去服用，也许会有益处，两个月左右再来复查。"当年8月9日，我由所在小镇出发去牙克石林管局医院复查。下火车后次日早晨，我直奔医院挂号处预约，不巧恰逢CT设备出了故障，需要北京专业技术人员检修维护。我连续几天去医院咨询。8月14日那天CT设备修复了，我也见到了孙呈祥院长。他说："你的预约手续都办妥了，过两天来复查吧，明天医院统一给林管局离退休老干部检查身体。"我焦急、恳切又羞愧地说："孙院长，实在不应给您添麻烦，可是我已经来快一周时间了，带的钱基本用光了……"他微笑着说："我先给你拿点钱应应急，等你回去再寄还我。"我说："谢谢您，真不好意思借钱用。"（其实是不敢借，那时我的月工资才100多元，只能节约再节约。）接着他说："那你明天再过来一趟，如果机器状态正常，时间允许，争取给你也一起检查。"次日，林管局离退休老干部们体检完毕后，我也借光做了加强CT复查。翌日，我取回的颅脑CT扫描报告单上有颅脑切片扫描线状图形10个，还有孙院长手写的一段关于复查结果的文字描述。让我感到放松的文字是"8月15日复查见炎变已消散"。告辞前，孙院长嘱咐道："你回去后再坚持服用一个疗程的药，巩固巩固。"我返回林场后，也曾想过与孙院长联系，报告一下自己病情好转的消息（后遗症是，每到人多嘈杂场合或坐到人较挤的桌子旁就异常焦躁难耐），并郑重表示道谢。很遗憾，当年大兴安岭林区通讯非常落后，没有民用长途电话。后来只是在《林海日报》上看到过关于孙院长工作的新闻报道。得到孙院长帮助这件事已经 30 年了，但我一直记在心里，感动不已，还向多位朋友讲起这个幸运暖心的故事。当年，我所就医的林管局职工医院是准地（市）级规模的综合医院，是为数十万林业职工家属及子弟提供医疗卫生服务的。我与孙呈祥院长萍水相逢，况且是偏远林场的普通职工，凭什么借钱给我应急，又凭什么帮我尽快复查。对此，我一度找不出答案。后来，恍然大悟：其实就是一位具有人文精神、人道情怀、人格魅力、医术精湛、医德高尚、医风清正的优秀医生，对一位普通患者的信任、同情与救护。用当今小伙伴的观点讲：对一个来自偏远山沟里的普通患者都如此"优待"，他对所有的患者都会一视同仁的。

故事四：近年来，我几乎每年都到相关医院做医疗检查（高血压等慢性病）。遵照相关医师专家的医嘱，2016 年以来，我多次到相对较近（约 100 千米）的阿里河鄂伦春自治旗人民医院中医科和检验科就诊，特别是中医科的祁丽杰医生，每次都认真为我问诊听诊观诊，并根据需要指导我做必要的仪器探查和生化检查，并不厌其烦而慎重地为我开具慢病药处方，仔细解释化验指标数据，还提示我科学用药，适量运动，合理饮食，适时休息。2019 年 11 月 29 日，我去就诊时，祁丽杰医生正在外地进修学习。当天，刘国娟医生接诊为我开的检查与用药处方。导诊员说今天门诊人较多，让我下午 2 点前到大厅取检验报告单。可是，返程的公交车却是中午发车。我纠结无措地将这一情况告诉了刘医生。她爽快地说："你先回去吧，我帮你取单，前不久我在你所在的镇卫生院参加对口支援了，如果有就医方面的困难，我可以尝试协调。"当天下午，刘医生到大厅把我的生化检验报告单取回办公室，拍了照片用微信发来，并解释了化验指标。她还说："如果需要，再把检验报告单通过客车捎来。"（后来，刘医生又帮助我取过一次化验单。）此前的 2019 年 3 月 19 日，我乘坐早晨 6 点的火车去旗医院检验科就诊，准备坐上午 11 点 50 分客车返回。采血时我询问后得知，检验报告单大概中午能出来。当时，正在取容器管血样的胸牌显示名字为"崔波"的检验员说："我跟科室领导请示，说一位外地来的就诊者急着赶公交回去，看可否现在检验。"挺幸运挺顺利挺及时，11 点 25 分我拿到了检验报告单，请医生看过后，我就坐客车返回小镇。2021 年 4 月 27 日，我到旗医院内科就诊开药，接诊的霍天池医生对来自异地小镇的患者也很热情，很理解，很关切。上述情况，看似轮廓，看似细节，看似小事，但是，轮廓见架构，见空间，见背景，细节见医德，见医风，见医品，小事见大义，见大责，见大效。他们急患者所急，想患者所想的良好品行，让我倍感温暖，倍感亲切，倍感欣慰与尊敬。

故事五：2008年4月上旬，我慕名到辽宁省锦州医学院附属第一医院请美容科主任医师李传宝（教授）做了一次耳后脂肪瘤切除手术。当天，我走出锦州火车站已是黄昏时分。恰逢该城当时正在巡逻搜捕一名重要逃犯。由于我只携带了一张黑白身份证复印件，各正规宾馆都不敢给我办理入住。在街区转了约1个小时，我才在一个较偏远的私家小旅店入住。次日上午，我在医院见到了李传宝教授，印象中他50多岁，沉稳随和，热情爽快。我简单说了住宿遭遇，并说明已经购买了明日凌晨2点的返程火车票。他说："昨天你打电话就好了，住在医院附近我家的平房多方便啊！"接着又说："今天我有几台预约的手术要做，尽量挤时间；你先挂号办手续，大老远来的，尽量让你能赶火车回去，等我电话吧。"大约中午12点半，我走进门诊手术室。仔细观察了我右耳后的患处，李教授说："以前切割过吧，疤痕挺硬。"我回答，前年和去年分别在其他医院做过手术，复发得很快。李教授又说："这是最小的手术，但必须慎之再慎，一旦把类似鸡蛋内的那层薄膜剥漏，就会复发。对每位患者我都会尽全力的。"完成手术后，护士说："正常情况下，李教授做类似手术只需10多分钟，这台手术却用40多分钟。"李教授对我说："你也别有心理负担，据切除的肌肉判断，这就是个脂肪瘤，无大碍。如果有异常及时再联系再处置，包扎时我用的止血药较多，路上刀口不会出血的。"然后，他招呼护士："走，到附近小店简单地吃口饭，下午还有两台手术呢。"……原来，李教授没吃午饭，在午休时间为我做的手术。对此，我非常感动，很愧疚，也很荣幸。

故事六：2018年8月14日至24日，我在牙克石市内蒙古林业总医院就医期间，得到了良好的诊疗。为此，同年9月26日写了一封感谢信，内容如下：

尊敬的林业总医院领导并相关科室医护人员：

8月14日至24日，我在贵院心血管内科病房（西疗区）住院，不仅身体疾病得到了精心精准的诊断，而且内心被医护人员崇尚医学、以人为本、爱岗敬业的精神所深深感动。就诊时，恰逢孔令阁主任医师出诊，我得到了精准的初诊，并得到了普外科、肺功室的及时协诊。造影前，导诊员到病房接患者途中，耐心讲解血管造影注意事项，上手术台后，导管室医护人员细致严谨迅速筹备，还偶尔与患者风趣交谈，安抚缓解患者紧张情绪。造影时，医护人员有条不紊，密切配合，精益求精，心内科与导管室的主任医师医生共同研判，精准诊断。住院时，医生和护士长坚持到病房巡诊，护士们按时送药，测血压，输液，特别是徐国民主任医师亲自两次为我清敷包扎手腕微创口旁因水泡溃皮的肌肤，却没有责怪我不慎碰掉敷料纱布。出院时，院方还将我纳入"医学惠民防控工程暨H型高血压精准项目"患者范围，并赠5盒治疗高血压的药物。上述经过，集中体现出了贵院医务工作者宵衣旰食履行人道主义的高尚医德医风和高超的职业素养，充分体现了他们"弘扬敬佑生命、救死扶伤、甘于奉献、大爱无疆的精神"，营造了新型的尊医重卫氛围与和谐的医患关系。他们无愧于祖国北疆的白衣天使，无愧于林区人民健康卫士的光荣称号。为此，我对贵院党政班子培养锻造出这样一支优秀的医护团队表示崇高的敬意！对心内科和导管室及协诊的相关科室医护人员给予的优质高效的医疗服务表示衷心的感谢！对他们不忘初心，牢记使命，共同认真践行社会主义核心价值观，坚持全心全意修医德、行仁术、保健康，增进基层人民群众健康福祉的可贵精神和优良作风表示真挚的敬佩与点赞！

故事七：2019年10月4日21时至5日19时，我护理母亲在呼伦贝尔市人民医院就医期间，得到了急诊中心（急诊科）及相关科室的救治与关照。时间虽短，却记忆深刻，铭记心间。4日20时火车到达海拉尔站后，我们就直奔市医院。尽管正值国庆假期，市医院急诊科的医护人员依然非常忙碌。大约22时，经过医生临床检查、仪器扫描透视和生物化验检查，诊断结果是：慢性肺源性心脏病、心功能Ⅳ级、Ⅱ型呼吸衰竭、低氯血症高钾血症，等等。此时，我母亲病情较刚来时明显加重，处于半昏迷状态，由于病情危重，一楼急诊室值班医生嘱道，患者需马上转到本院重症监护科。于是，我赶紧上楼联系办手续。经过与院重症监护科负责医生咨询得知，患者已经到了不可挽救的危重程度。如果现在转入医院重症监护科 ICU 病房，会严格执行治疗流程，由医护人员全天全程监护，只能插管用机器协助呼吸，暂时维持生命，患者会一直处于嗜睡或深度昏迷状态，病情会逐日危重。如果不住院尽快回去，子女还有机会对老人多尽一些孝道与人文关爱。住否只能患者家属决定。回到一楼急诊室，我与妹妹商量后决定出院。这时，恰逢急诊科刘瑞主任巡诊病人，巡查值班工作。听值班医生说我们要返回，刘主任直接走到病床前俯下身拿着听诊器，非常仔细地为我母亲检查病情，并到电脑前看病历看片子，还结合实际随时向身边的医生讲病情病理。这个过程至少 30 分钟。然后，刘主任对我说："病人体格这么弱，病情这么重，实在不必转入院属重症监护科让老人受插管的折磨了，年轻人也受不了这痛苦。这是老人先天性脊柱弯曲、左肺发育不全等造成的肺心肾衰竭并发症。"又说："目前病人钾的指标特别高，已达仪器无法测量峰值了，随时都有生命危险，况且路又那么远，更危险了；实在要回去，也得等钾的指标降下来。"之后，刘主任对值班医生叮嘱说："偏远林区的患者来此地看病不容易，你们就特事特办，在咱们急诊科 ICU 病房为这位病人临时加张移动床，正常办手续，按国家发改委文件规定的标准收费……" 10 月 5 日上午 9 点多，我母亲由急诊室转入急诊科 ICU 病房，开始了以降钾为主的抢救治疗。当时，病房内已经有三位危重症病人。除负责我母亲的主治医师冯亮以外，病房内还有一位医师、两名护士值班和一位科室副主任带班。他们非常忙碌，非常敬业，非常辛苦。他们对病人及陪护者的态度都很温和。经过医护人员紧张有序的救治和细致照料，我母亲钾的指标暂时降下来了，其他生命体征趋于平稳。因此，5 日晚 19 点 10 分左右就匆匆出院了（由于精神紧张，行动匆忙，出院时我们不慎将移动病床下边的一个塑料齿轮刮碎了，护士叫停。当时恰逢急诊科带班的一位副主任过来看了，并说："没事，紧急情况，病人危重，让他们赶紧出发。"关键时刻，这为病人赢得了时间）。我们连夜驱车约 330 余千米，平安返回林区小镇，并在属地卫生院相关领导与值班医护人员的帮助下顺利住院，为我母亲又进行了为期 28 天的接续保守治疗。

此外，2021 年 8 月下旬，我在首都医科大学附属北京安贞医院就医期间，曾得到郭大夫、闫大夫、党大夫、王江云助理等医护人员的诊疗与帮助，在此致谢。特别是同住 12 病房，来自呼伦贝尔农垦系统的王士奇，尽管他是在职处级干部，又与我萍水相逢，但他很谦和，很亲切，很健谈；每逢到病房走廊取餐时，他总是对送餐员说："12 病室 5 床、6 床患者取餐……"并且每次都是先把筷子递到我手中。这使我感动，让我温暖，令我难忘。

在我心目中，优秀医者即智者贤者善者，既亲切又严肃，既爱岗又爱民，既陌生又熟悉。他们用仁心仁术仁德时刻呵护着人民的生命，并点亮公众健康生活。在此，向曾经给予我们精心诊疗和无私帮助的医者致以诚挚而郑重的感谢！同时，向所有尽心尽力为广大人民群众服务的医者致以崇高的敬意！

2020 年 2 月 28 日（草稿）
2021 年 9 月 19 日（定稿）

学海无涯笔做舟

现实生活中的陈守林是正直、谦和、自强、敬业的。作为林区小镇一个文学爱好者，他用自己的努力，收获了一些小成果。

他的生命轨迹、生活启蒙、工作履历和创作实践都是从广袤的大兴安岭开始的。少年时期起，他便向往北方的粗犷与豁达，渴望具有森林的厚重和挺拔，并非常景仰学者型的人物。因为他坚信，在国家与民族发展的进程中，这些人是中流砥柱。

1965 年 2 月，他出生于内蒙古呼伦贝尔盟（市）鄂伦春自治旗克一河镇。1981 年他初中辍学后当知青，同年 11 月其处女作《龙门风光》（散文）在《林海日报》发表。多年来，他认真阅读了一些中外文学名著和许多优秀文艺作品，以及《文学原理》《写作》《哲学》等部分有关文艺创作的书籍，在一定程度上充实了自己的文化结构。他还多次积极地参加以会代培方式的文艺创作经验交流学习活动，聆听过徐迟、柯蓝和乌热尔图等全国著名作家的文学讲座，而且深受教益。先后应邀参加了"中国散文诗新秀北京改稿笔会""中国散文诗深圳研讨会""兴安绿野文学笔会暨内蒙古职工文学满归改稿会"。曾有诗歌、散文诗、小说、理论研究、纪实、新闻等体裁的文稿分别在国内各级杂志报纸发表，并有诗文被出版社收入"文集"。还有作品获奖，其中诗歌《思念》在 1992 年荣获第二届"华夏青少年写作大赛"优秀作品奖。

用笔写社会、写人生、写自然、弘扬祖国，是他崇尚文学的初衷和夙愿。平民意识、忧患意识、责任意识和生态意识，以及反思历史、关注现实和憧憬未来是他为自己业余文艺创作选择的格调和追求的目标。他的作品所注重的基本都是自己的生命深切感悟、亟须表达的客观事物及人生或社会问题。创作时，他一贯努力遵循"生活真实""内心真实"和"艺术真实"一体化的思维模式，充分依赖较厚实的生活底蕴和创作视角及艺术感觉驾驭语言，力求情感与理念有机结合，最大限度地形成和丰富作品应有的较厚实通透端正的思想与艺术内涵。

凭着在笔耕道路上稳健坚实的步履，他分别被吸收为内蒙古大兴安岭林区文联文学协会会员（1987年1月1日）、内蒙古呼伦贝尔盟（市）文联作协会员（1993年3月1日）、中国散文诗学会会员（1993年7月5日）、中国林业文联文学协会会员（1996年2月12日）、呼伦贝尔盟（市）新闻工作者协会会员（1999年8月24日）、内蒙古自治区作家协会会员（2001年12月1日）。其中业余文艺创作有关实绩分别被收入1994年3月内蒙古文化出版社出版的《呼伦贝尔文艺家名录》和2002年8月内蒙古作家协会编辑的《内蒙古作家传略》两书。

他是一位重感情、懂生活、擅思考，而且求真、求纯、求美的人。他很喜欢诚信、宽容、柔韧、清纯、责任、担当等词汇。如今，已经历了诸多生活艰辛和苦涩，特别是经历了婚姻与爱情裂变严酷考验的他，更加冷静和执着。当笔者谈及创作走势时，他深情而平静地说道："尽管'人类一思索，上帝就发笑'，但我依然坚信'思想是一种不过时的美丽'。很久以来，仿佛总有一种声音在召唤和激励并引导着我向前走，况且也很想知道自己的灵魂到底能走多远。头脑中初步酝酿着的作品是爱情题材的《燃情岁月》和生态题材的《大兴安岭森林》。由于水平有限，不想仓促动笔，会努力构思，梳理，打磨，浓缩，至少会努力把相关作品写出来，以回报社会和生活及自然。"

相信他会沿着自己的业余创作道路继续坚定地向前方跋涉，并以向社会奉献新作品为契机，不断续写自己与文艺创作之缘。

注：

本文原载《林海日报》生活周刊（2003年1月25日第10版，署名作者：赵旭平）。

笔会纪事

1980 年以来，我历经了从文学青年到业余作者的蜕变。尽管文笔青涩，作品寥拙，却得到"诗神缪斯"和文学伊甸园的熏陶及文坛园艺师的教诲与呵护。作为对文学艺术崇尚追随的业余作者，我曾经接到一些笔会主办方的邀请函。已参加的笔会受益颇多，没参加的颇为遗憾。但是，这同样凝聚成了与文墨航迹相关联的集丝成帛般的一层层文化积淀和隽永芬芳的一隅隅文脉风景。

笔会——幸会——收获

1985 年春季，得益于地缘优势，我参加了"鄂伦春林区克一河笔会"。笔会由内蒙古自治区鄂伦春自治旗文联主办，克一河镇党委宣传部、林业局党委宣传部承办。笔会期间，我们文学爱好者听取了与会学者、作家精彩的文学理论授课，得到了文学启蒙。

1986 年 2 月 17 日，我在克一河参加了"内蒙古大兴安岭林区文学创作会议"。笔会由内蒙古大兴安岭林业管理局党委宣传部和林区文联主办，克一河林业局党委协办。当时，正值党的十一届三中全会精神的阳光雨露充沛沐浴全国"改革春天""科学春天""文艺春天"的历史佳期。本着"为人民服务，为社会主义服务"的方向和"百花齐放，百家争鸣"的方针，全国文学艺术创作处于空前繁荣时期，也是内蒙古大兴安岭林区文学创作的一个鼎盛期。此次笔会后，经林管局党委和上级新闻出版期刊管理部门核准，林区文学协会创办了内部发行的《森林文学》期刊（参加此次笔会的部分作者作品在该期刊发表，当年我写的不具"松树油脂味"的文稿无缘发表）。著名作家蒋子龙、内蒙古作家协会副主席冯苓植、天津市专业作家吴若增等分别为《森林文学》创刊号题词。无疑，这不仅奠定了森林文学的地位，而且在内蒙古大兴安岭林区文学事业发展史中具有里程碑意义。

"文学即人学。"文学源于生活，积淀生活，再现生活，升华生活，丰富生活，传承生活。通过参加在本地举办的两次文学笔会，聆听与会学者、作家、编辑老师的文学知识讲座，对我而言是难得难忘的直接启发，汲取了精神营养，增强了写作虔诚度，开启了对文学、对人生、对社会的联袂思考和对诗与远方的憧憬，还结识了良师文友，融入了林区追逐文学梦的人群。

1999年6月21—24日，第二届林海艺术节首项大型活动"兴安绿野文学笔会暨内蒙古职工文学创作改稿会"在祖国北疆边陲小镇满归举行。克一河应邀参加笔会的人员原本是林业局党委宣传部的赵旭平同志，由于他忙于公务无法抽身，我才有机会参加笔会。笔会由内蒙古大兴安岭林业管理局党委和内蒙古自治区职工文联联合主办，林管局党委宣传部承办，满归林业局协办。笔会期间，区内外10余位作家、编辑讲课，交流了百余篇林区作者的文学作品，与林区作者交换了创作意见，并具体指导改稿（同年7月7日《林海日报》文艺副刊开设了"兴安绿野"文学笔会专版，其中我写的一篇"豆腐块"诗稿发表）。

笔会间隙，我与林业局文友刘凤玲一起拜望了曾任克一河林业局主要领导、时任满归林业局局长马春元，遇见了曾在克一河工作生活过、时任林管局党委宣传部副部长侯建华和时任莫尔道嘎林业局党委宣传部副部长的刘兆明。

内蒙古电视台《北国风》摄制组对笔会做了专题报道。"一枝一叶总关情。"这次笔会，不仅使根植大兴安岭的森林文学再次展示出蓬勃英姿、独特魅力和宜人心扉的芳华，而且一定程度淬炼催熟了森工系统文学队伍的成长，还标志着森林文化向生态文学华丽跨越，健步迈向祖国文坛百花园。会后，协办单位满归林业局安排与会人员乘坐客车沿着山间砂石公路行驶200余千米到位于祖国最北端的黑龙江省漠河县北极村采风观光。当天，恰逢夏至，来自北京、哈尔滨等地专程到北极村观赏北极光的人很多。我们午后到达，有的急寻中俄界碑留影，有的奔村旁中俄边界黑龙江畔看对岸异国风光，有的排队坐汽艇畅游界江，有的采访村民或环村游览，我顺江岸去哨所伺机找边防士兵攀谈。大家都各得其所，忙乎热乎又乐乎。黄昏时，找旅店住宿，却早已经被先来的游客住满。为此，经协调，笔会人员在当时村里唯一的水泥广场上举办了篝火联谊晚会。我们昼夜期盼，虽然没有亲眼观望到旖旎的北极光，但并不遗憾，依然惬意。"一江春水向东流""青山依旧在"，何须叹蹉跎。在目睹太阳冉冉升起以后，我们兴奋地登车返程。其实，我们每个人心中都有一束象征祖国与北疆繁荣昌盛的绚丽壮美的北极光。

1991年11月3—10日，我在北京中国人民解放军后勤学院参加了"中国散文诗新秀改稿笔会"。笔会由中国散文诗学会主办。会上，柯蓝、张炯、林非等学者、作家从中国散文诗的历史、现状、发展趋势及散文诗创作理论等方面为学员们授课，并指导改稿（改定稿件陆续被《散文诗世界》《青年散文诗报》《中国散文诗报》等报刊选登，我写的一篇散文诗小稿刊发在北京师范大学出版社《东方诗群》丛刊1993年1期）。笔会后离开北京前，我拜谒了毛主席纪念堂，参观了天安门城楼、人民大会堂，游览了中国历史博物馆、中国军事博物馆。这些愈加凝聚了我的爱国主义情愫情怀情结（参加此次"北京笔会"前夕审批出差手续时，时任克一河林业局副局长刘征宇和局办秘书黄金科给予我大力支持，在此诚恳感谢）。

1992年3月17—23日，我在深圳市参加了"中国散文诗深圳改稿笔会"。主会场在深圳市会议中心礼堂，分会场在深圳市科学技术协会大厦会议室。笔会由中国散文诗学会主办，中国散文诗学会深圳分会承办。会上，徐迟、柯蓝、洪洋等学者、作家授课，并指导改稿。这次笔会的主旨正是通过散文诗的形式贯彻邓小平南方讲话精神，讴歌改革开放新形势、新面貌、新成果。对此，深圳市委、市政府很重视，有关领导到笔会现场指导祝贺，并协调有关部门安排笔会人员参观了中国深圳国际经济技术合作公司和蛇口工业区后续工程建设工地。这使我们有幸置身于中国改革最前沿、南海之滨的大美"鹏城"，现场沐浴改革春风，聆听领略"春天"的故事。目睹感受见证"时间就是金钱，效率就是生命"这句曾经响彻全国的"导语"催生的蛇口精神、深圳速度、改革缩影。还集体游览了银湖、西丽湖、香蜜湖、海上世界、锦绣中华－民俗村等风景区，以及沙头角镇中英街。深圳电视台对笔会做了专题报道。总之，笔会开得既清新热烈，又务实有意义，令人心怡气爽，令人耳目一新，令人警醒思索。会后，受笔会主办方委托，我做了一次中国散文诗的信使，即返程途中，我将一份急需的资料呈送到了北京市朝阳区东八里庄南里 27 号——鲁迅文学院（创办于 1950 年 10 月，原称中央文学研究所，1954 年改名为中国作家协会文学讲习所，1958 年停办；1980年经批准恢复为中国作家协会文学讲习所，1984 年改名鲁迅文学院，并沿称至今），借此机会瞻仰了 1949 年以后作家的摇篮。当时感到既兴奋又紧张也自豪，更盛赞与仰慕（2021 年 9 月 3 日参观中国现代文学馆的当天，我再次参观了与此同址的鲁迅文学院）。此次笔会后，我写的小诗《深圳拾零》、短文《沙头角一瞥》《向市场深处走去》分别在沈阳市《芒种诗文报》（1994年 1 期）和内蒙古文联《草原》文学月刊（1995 年 10 期、1996 年 12 期）发表。

美好——遗憾——欣喜

对于一个怀揣文学梦想且虔诚追梦的业余作者，接到笔会培训邀请函或约稿函，确是一件令人向往期盼惬意的美好之事。但是，只见缪斯放飞的一只只信鸽，却一次次与缪斯失之交臂，不能如约遇见，又令人遗憾不已。1992 年我曾参加过"华夏青少年写作大赛"，并获诗歌作品"优秀奖"。因此，后来接到一些文学文化新闻单位（机构）发来的与写作相关的信函，至今珍视珍存的资料有：1993 年 3 月 20 日，接到中华炎黄文化研究培训部、《东方诗群》编辑部关于"1993 年东方新作家、诗人笔会"邀请函；1993 年4 月 5 日，接到北京《当代诗人》杂志关于"第一届新闻学丛书组稿会议"邀请函；1993 年 10 月 8 日，接到《东方文艺》杂志社和新华通讯社北京分社关于"中国文学新闻创作年会"邀请函；1993 年 11 月 21 日，接到中国社会科学院文学研究所关于"93 全国当代诗人当代文学创作年会暨'艾青杯'文学艺术大赛作者改稿会"邀请书；1995 年 3 月 25 日，接到北京《诗探索》《中国现代诗》编辑部关于"95 北京创作研讨改稿会暨精短文学大赛"邀请函；1995 年 4 月 15 日，接到内蒙古文联《草原》文学月刊编辑部关于"自治区重点作者改稿培训班"邀请函；1995 年 7 月 26 日，接到文化部中国艺术研究院当代文艺研究室《诗人世界》编辑部关于"第三届中国当代诗人节"邀请函；1998 年 5 月 20 日，接到中国作家协会文艺报社《关于召开 98 文化艺术创作研讨会的通知》。2000 年 5 月 25 日，接到鄂伦春自治旗文联《关于鄂伦春文学创作会暨鄂伦春篝火节的通知》；2004 年 8 月 16 日，接到中国作家协会文艺报社中国作家世纪论坛组委会《关于举办中国作家世纪论坛五周年暨作家采风活动的通知》。这些珍贵的函件，至今我依然珍藏，作为纪念。

由于工作和身体等原因，上述笔会我都未能参加。最为遗憾的是，未能参加 1995 年 4 月"内蒙古自治区重点作者改稿培训班"。这是内蒙古自治区党委宣传部委托自治区文联《草原》文学杂志社举办的为期 20 天的文学创作培训，对于偏远林区的业余作者若启明星高照，是难得的学习充实机会。对此，时任《草原》文学杂志社编辑部主编丁茂老师还寄来了饱含关爱与殷切期望的亲笔信。2020 年 10 月《草原》文学杂志创刊七十周年之际，我作为一位忠实读者暨业余作者，以刊庆征文活动为契机，撰写了《重逢"草原"吟牧歌》，表述了真挚的感触感想感悟，以此文恳示对《草原》的敬仰感恩祝贺！2021 年 1 月 22 日，我收到了《草原》文学杂志创刊七十周年纪念品一套。2000 年 5 月的"鄂伦春文学创作会暨第十届鄂伦春篝火节"，是鄂伦春自治旗党委、旗政府举办的系列民俗林俗大型文艺活动，不仅能进一步弘扬鄂伦春民族文化，促进地域文艺创作，还是体验鄂伦春民俗和大兴安岭林俗及现场采风的好机会，而且《鄂伦春》编辑部的老师们在创作上曾给予过我指导帮助。但是，我辜负了上级文联组织和编辑老师的期望。对此，我内心一直愧疚。在此，我由衷地说："各位领导、老师，谢谢你们！同时向你们表示诚恳歉意！"此外，2021 年 1 月 11 日，在呼伦贝尔市作家协会普查暨会员报备联系方式之际，鄂伦春自治旗文联杨丽老师将我携入鄂伦春自治旗作家协会微信群。蒙作协组织不弃，令我感动不已，也甚是感谢！

良师——益友——关爱

多年来，作为文学丛林中一匹瘦弱、步履蹒跚的"森林马"，在业余文学笔耕的道路中，我曾有幸直接或间接得到过"本土"作者和"域外"作家编辑老师的关爱与指导，以及贤达睿智文友的启发、激励、支持和帮助，且记忆犹新，受益匪浅。

1985—1986 年参加克一河笔会期间，我结识了一些本地的良师文友。其中对索图罕林场的老干部贾也老师的印象最深刻。他曾经是《内蒙古日报》文艺副刊编辑，"文化大革命"前被划为"右派"下放到大兴安岭林区"劳动改造"，20 世纪 80 年代初期得到落实政策待遇。但是，"文化大革命"期间的多次批斗，对他的身体特别是视力造成了较重的伤害，因此他就继续留在林区工作生活了。所幸的是，他的女儿贾秀华继承了他的写作基因。当年，他曾经感触颇深地说："我很想坐下来写一些东西，可是身体和视力实在支撑不了，如果你们有创作思路，一定要趁精力充沛时写……"年轻时，我没有真正理解并遵听前辈的告诫，如今自己体验了健忘、记忆明显减退和体力不从文心的焦灼之苦（参加"学习强国"答题时，同页两组答案至少需翻阅两次；周末整日也只能写出不足千字的文稿）。2019 年 1 月，林业局精神文明办举办首场"'乡愁'主题读书分享会"，我有幸被主持人于洋拟邀为初选嘉宾。2021 年 1 月上旬，鄂伦春自治旗知名朗诵达人（鄂伦春朗诵者协会主席）朱百花和哈尔滨市知名朗诵家纪永茂老师，将我的散文《森林礼赞》录制成视频（音频），并在 1 月 11 日的"鄂伦春朗诵园"平台推出，都令我很感动，且深切铭记心间，也不无惭愧。

1986 年以来，在参加林区暨自治区职工文学笔会、北京笔会、深圳笔会和从事业余文学创作的摸索实践中，在听课、改稿、加入作协组织等方面，我有幸直接或间接得到全国著名作家徐迟、柯蓝、乌热尔图、敖长福、尹树义等作家和资深编辑老师的宝贵指导、支持和帮助。我觉得，他们的共同特点是德艺双馨、思维睿智、志存高远、视野宽阔、业绩颇丰；同时厚爱文学新人，不薄基层业余作者。

乌热尔图老师（鄂温克族）是 20 世纪 70 年代从呼伦贝尔大地起步踏上文学文化之旅，凭实力跻身于文坛高端的全国著名作家。他是森林草原文化与民俗林俗文化的拓荒者之一。被称为"鄂温克族历史上第一个有影响力的著名作家"。历任呼伦贝尔市文联主席、内蒙古文联（作协）副主席、中国作家协会书记处书记、中国作家协会第四届理事、中国作家协会第九届少数民族文学委员会主任。他的作品中华民族共同体意识较强，生活生态气息浓郁。通过多年多次品读，我真切感悟到乌热尔图老师为《呼伦贝尔文艺家名录》（1993年）撰写的"前言"意境高远，视域辽阔，气势磅礴，内涵丰厚，文采凝重，脉络通透，穿越时空，历久弥坚，继往开来，生机盎然。"前言"虽然是作家28年前的作品，但其思想依然熠熠生辉，引人关注，令人思考，催人前进。让我惊喜与庆幸的是，经信函恳请，乌热尔图老师短信复函，同意将自己撰写的"前言"作为本书序言。

敖长福老师被称为中华人民共和国成立后第一代鄂伦春族著名作家（鄂伦春历史上第一位作家）。我在早年业余写稿投稿过程中，时任《鄂伦春》期刊主编敖长福老师曾经在信中郑重地对我讲："写作是个苦差事，没有捷径，只有坚持……"对此，我深信笃行。

尹树义老师是中国林业系统的著名作家，曾系中国作家协会会员、内蒙古作协会员、内蒙古青创会委员、内蒙古牙克石市作协名誉主席、内蒙古大兴安岭林区作协副主席、中国西部散文学会呼伦贝尔市分会会长，国内数十家报刊曾对他进行过专访。

1999年参加满归笔会期间，我有幸初识尹树义老师，他还将签名的《荒原之星》诗集（与李岩合著）赠我赏读留念。也许由于生活较坎坷、性格较坚韧，当年我特别钟爱欣赏《林海日报》的子报《生活周刊》"西窗烛"专栏。2003年1月，文友有一篇关于我的稿件投到《生活周刊》，并在稿件底部标明我恳切的建议：如果经遴选采用，希望刊登在"西窗烛"。但是，当时恰逢年初报纸改版"西窗烛"栏目停办。为此，尹树义老师亲自到总编室协调，稿件如愿在"西窗烛"专栏刊发，从而帮助我实现了心中久久敬慕且久久为功的希冀。如果尹树义老师还健在，我会请他为我的作品集写篇推文，也许他会应允的。我很怀念令人敬重却英年早逝的尹树义老师。

1991—1992年，参加中国散文诗北京笔会与深圳笔会时，只有我是来自内蒙古自治区的作者，所以当时与同宿舍的贵州省贵阳市文友丁增效，山东省高唐县农业银行薛波、单县农行徐克珊，辽宁省大连市文联杜敏、《大连妇女报》都兴瑜，山西省平朔煤矿闫显军，广东省恩平县文联赖显阳，河南省上蔡县种子公司周玮，以及地域较近的吉林省长春市人防办张新蚕，黑龙江省富拉尔基发电总厂吕凤曾经较熟悉。深圳笔会期间，赖显阳和周玮还分别用海鸥半自动照相机和新型广角镜头相机为我们拍下了许多美好的瞬间。北京笔会闲暇，我与徐克珊一起去香山看红叶，也许由于着装较土，还被一群兜售明信片等小商品的地痞人员胁迫购买了商品，后来用身份证做抵押，才得以逃离景区。尽管当年自己写出了几句关于香山红叶的小诗，但是，多年后想起在香山遇劫这一大煞风景、大抑情致之事，内心仍有余悸。返回林区后，我与上述部分文朋诗友有过书信联系。2017年我再次致信他们，却没有联系上。文心雕龙，惺惺相惜，文友亲清，岁月无痕，心有友人，愿君安好。

1999年满归笔会期间，我有幸结识了《天津文学》副主编闻树国，满归林业局党委宣传部记者站站长白俊清、干事谷春青，满归局志办主任贾海山等文师诗友，并与他们一起登凝翠山，游脚印湖。贾海山老师还将自己编写的书籍《北疆林海明珠满归》赠我留念。笔会期间，时任满归林业局党委副书记李长国热情和蔼、醇厚待人的举止，至今清晰记得。后来，我还结识了呼伦贝尔盟（市）作协会员、伊敏华能东电煤电有限责任公司任兆利，并拜读了他撰写的电力题材文艺作品集《冲击》。

上述各段经历虽然短暂，虽然仅是缩影，却历久弥新，使我从中得到了精湛的文学、新闻和公文写作指导、优质的精神营养、充裕的文脉滋润、颇大的思想激励、温暖的真挚情谊，受益颇多，受益匪浅。咫尺天涯，念兹在兹，令我不能不敢也不会忘怀。我认为记得就是意义，也是一种感恩。

大刊物—小作者—续文缘

古语今云："初生牛犊不怕虎。"尽管普通业余作者眼高手低的特点突出，但榜样的魅力的确很神奇。由于受当代著名作家蒋子龙短篇小说《乔厂长上任记》（1979年发表于《人民文学》第7期；2018年9月，该作品被评选为中国改革开放四十年最具影响力的40部小说之一）的熏陶与启迪，我曾于1983年11月19日创作了一篇名为《成像在生活的网格里》的改革题材短篇小说，后来通过邮局寄往《人民文学》杂志编辑部。大概是1984年8月下旬，我收到退稿。编辑老师写的退稿函言简意赅，大意是：

"来稿收悉，但因收到稿件较晚，同题材的类似作品已经编发，此稿不宜再采用……"对此，我有一丝遗憾，更多的却是斗胆给国家级大刊物投稿而自豪。当年，各地普遍交通落后，信息闭塞，特别是从大兴安岭的一个偏僻林场寄稿至北京的邮路实在太远了，太慢了，况且是基于模仿激情写作出的作品。2020年5月，我又向《人民文学》投了一篇抗疫题材的报告文学作品，稿件虽没被采用，但是，我却收到了编辑部赠送的2021年的各期《人民文学》杂志（中国作家协会主管，中国作家出版集团主办）和《文艺报》（中国作家协会主办）。此前，我投稿参与了"庆祝新中国成立70周年——'我和我的祖国'主题征文活动"；因而收到了赠阅的2019年全年12期《民族文学》杂志（中国作家协会主管，中国作家出版集团主办）。通过上述经历，作为小作者的我深切领略了大刊物的领导与编辑老师居高望远的风范，沐浴了他们给予我的别样关爱与温暖。对此，我既感到欣慰与荣光，也感到忐忑与自省，更受到鞭策与激励。

读者——智者——共鸣

蓝天白云、青山绿水、林场木屋、务林工人、水声书韵……信鸽由远方飞来，心情非常舒爽惬意。1991年，共青团吉林省委主办的《青年月刊》杂志社面向全国开展了"同龄人对九十年代的回答"励志抒怀主题征文活动，并吸引了广大热血青年积极踊跃参与。当时，我也按照征文规则回答了问题。记得我的稿件是1月下旬寄出（互联网时代之前，由于都是纸质稿件，邮寄周期较长，几乎全国各报刊都明确规定：3个月内作者接不到退稿或采用通知书，逾期可自行处理稿件）。据此推测，我的稿件有效期应至4月底。当在报刊零售亭买到第4期《青年月刊》后，急忙而忐忑地浏览目录、翻到专栏，看到的是乒乓球明星邓亚萍和另一位作者的照片与精彩"回答"。当时，我对稿件的期待自然化为泡影。在失望一个月之际，却得到缪斯的慷慨恩赐，我的短文在1991年第5期《青年月刊》发表——

同龄人对九十年代的回答

编织时代的辉煌　展示心灵的美丽

姓名：亚讯　　　　　　　　　性别：男

出生日期：1965 年 2 月 26 日　　职业：工人

通讯地址：内蒙古大兴安岭克一河林业局库亚林场（022468）

你的性格特点——柔韧、内向

你的业余爱好——读书、习作、集报

你穿着打扮的标准——整洁、朴素、自然；服饰尽可能更符合自己的个性和身份。

你九十年代的理想抱负——用笔写社会、写人生，弘扬祖国。

你最喜欢的一句诗——海到无边天作岸，山登绝顶人为峰。

你最喜欢的一首歌——中华人民共和国国歌

你最喜欢的一首诗——《莎士比亚十四行诗》，该书诗中隐诗。

你最喜欢的运动——狩猎和垂钓。既唤起人的寻求意识，又锻炼人的耐力与思考。

你最喜欢的季节或景色（植物、鲜花），为什么——冬季。肃穆，冷静，凝重。人生的品质和内涵亦应借鉴此模式。

你最喜欢的社交活动，为什么——笔会。文以载道，以文会友，传承国学人脉，很惬意，很豪迈。

你最喜欢的职业，为什么——勘探。祖国建设的前沿；一腔热血、一份力量，可以尽情奉献。

你最赞成的生活方式，为什么——既传统又不失新潮。传统成熟而厚重，新潮蓬勃却稚嫩，其互补会使生活更美好。

你对爱情的理解——相吸的个性，相近的心灵，相依的生命。

你对友谊的理解——像伞，晴日悄然收起，雨天为人豁然开放。

你对幸福的理解——追求与创造，劳动和思考。

你最崇拜的青年榜样——爱国、卫国、见义勇为、励志担当的青年。

你渴望有一个怎样的领导——为官一任，造福一方。

你最喜欢结交怎样的朋友——真挚、善良、清纯皆具，睿智、优雅、感情并存。

你最得意的一件事——"作文"被印刷成铅字。那是我17岁时观察与思索的反馈。

你最后悔的一件事——没参军，铸成人生的遗憾。

你最苦恼或不平的——有时权威们的话错了也是对的，因为图私利的某些人会自动充当权威者话语权的卫士。

你认为自己最突出的优点——正直，善良，谦和。基本能准确理解事物和驾驭自己。

你认为自己最突出的弱点——轻信，缺乏恒心，过度自律。

你最珍视的做人品格——淳朴，刚强，温厚，豁达。

你最不能容忍的缺点——心术不正，狂妄非为，逢迎和欺骗。

你的人生格言——做事不求无愧于心，但愿无愧于人。

你赠给同龄人的一句话——平凡并非庸俗，默默做一颗星吧，让我们共同点缀天空。

你写给祖国母亲的誓言——您是浩瀚的海洋，我就是一叶待发的小船儿，只要您发出召唤，我生命、信仰的帆永远也不会疲软。

这不仅是一份意外惊喜，同样令我欣慰的是，一些饱含着莫大信任的读者书信，犹如一只只友谊的信鸽，载着希望、载着知识、载着文采与友情纷纷飞翔到大兴安岭山坳中的克一河库亚林场眷顾栖息。我受宠若惊，感动不已，倾心以待。作者与读者联谊，心灵与精灵共鸣，青春与春天同步，汇聚折射成一道既清新绚丽、蓬勃向上，又饱含温馨清纯、真挚魅力的友谊彩虹。这些来信的读者有学生、教师、农民、工人，都是有理想、有追求、有情趣、充满活力、奋发进取的青年人，其中不乏较高素质、较高智慧、较高才华的贤人雅士。他们分布在不同省（区、市）。当年，有的信件，还没来得及取回，就在林场办公楼走廊内开放式的木制信箱中丢失了。历年中，我与读者交流的信件达数百封。

在此摘录几封读者朋友的来信——

（一）

亚讯朋友：

你好！在这浓翠的夏晨，翻开《青年月刊》，再次为你的话语莫名感动。这不仅仅是你男儿的刚阳跃然字里行间，更重要的，使我懂得了生命存在的意义与其真实价值，懂得了生活中有的不全是丑恶和垃圾。用真情串起对世界的遐思，任小雨飘出爱的絮语。太阳雨下，我愿沿着友爱的风景线，步入你生命的翁葱，用笔同你共抒人生。我相信，虽然关山遥远，但真诚之处，你的血定是热的（随信寄送今晨第一朵盛开的月季花片，让这枚鲜翠欲滴的"标本"带给你真诚和快乐！盼早回音）。

祝你开心！

你陌生的朋友：雪莹

1991 年 5 月 16 日于镇平

（二）

写给并不陌生的朋友：亚讯

纤纤的春风，吹来了北方之北的消息，也载来了"花伞"的情谊。是什么使我握紧已搁浅多时的笔，写下这不称其为诗的言语：也许从你喜欢的诗中 / 我领略了大兴安岭山林的广袤浩瀚 / 也许从你为人的品格上 / 我闻到了呼伦贝尔牧草的馨香 / 也许从你后悔的一件事上 / 我找到了成吉思汗的威武 / 也许从你喜欢的职业中 / 我仿佛看到了白云鄂博蕴藏丰富的矿产 / 噢，诸多也许 / 难道你不觉得 / 语言表达出来的意思还不及思想的二分之一 / 更深邃的东西 / 其实在一个人的内心 / 就如同"打扮的标准：自然、朴素"最有魅力！ / 总之，太多的也许……初次致信给你，不宜多写，免得路远信重，姗姗来迟。抄上你写的话：做一颗星点缀天空；附上一句我的话：做一棵草，为大地奉献生机！现在，我把真挚期盼的一颗诗心装进了纯洁的信封，并将投向你这个绿色的邮筒，还会有消息吗？亲爱的朋友，愿"花伞"下相知，相遇……

同龄的朋友：蒙茜

1991 年 5 月 25 日于长春

（三）

亚讯：

是你真名吗？今夜灯下读书倦了，翻开《青年月刊》，一页一页读，读到了一个与自己有相似情感的人。只有一点，我喜欢秋天甚于冬天，秋水是诗，秋叶是诗，秋风是诗，秋雨是诗；秋天的一切一切，似乎都是尽绽自然的凄凉、丰厚、绚烂，秋天实在是一首大美的歌，尽管冬雪也美。往事如一棵树，枝柔叶绿，而根扎进心底，血如泉涌。生命有太多的偶然，可以对一个陌生女孩谈谈你的那一片天空吗？

祝好运！

一个追求淳真的女孩：朱昀艳

1991 年 5 月 27 日于马尔康州（今为马尔康县）

（四）

亚讯：

你好。我是土家族的在校中文系大学生，平淡无奇，只好任生活这样过去，慢慢回忆。与别人相比，我不是显得弱小，而是有太多的迷离。于是，空拥落寞独泣。我愿做一颗无名的小星，可发出内在的大热却不容易。生活确实是一个大问题。我不甘心茫然此生，理想一直催我奋进。艰涩的旅途中，我渴望得到良师益友的牵引。对于我所尊敬欣赏的每位热爱生活的追求者，比如你——亚讯大朋友，我都要说：请你关注我！并希望原谅我冒昧。把自描自写自吟的一篇散文诗当信，智否智否，痴否痴否，知否知否？……

回来吧，无瑕的天真

一

每每渴望，每每期待。每每绝望不甘，每每空囊而还。我沉思，我呐喊。傲躁的性情似虎长憨，高分贝的呼声，欲把山泉揉断。啊，茫茫环宇，凡凡人间，苦苦追溯，勃勃前奔，欲欲滑跃，屡屡致伤。我依然用心把失败拢拥，叠压成美好风景。拒不屑的杂音！宠不羁的生命，敬不萎靡的灵魂！

二

脸，拉长。眼，失神。嘴，变形。强硬的气流无处栖身，直把胸肌胀得冷痛——难以形容的失落感，无以发热的冷漠心。对，寻求寄托，追回自我。那就是——少时无瑕的天真。虽然，又一次卑微地把目光投向过去，又一次将身体向后倾；但，这正是我可暂作自慰的珍宝。因为它，我那濒临僵化的心加速蠕动了，渐渐地规律跳动。于是，在这个世界里，又多了一颗鲜活的初心。庆幸我心安好！知音何在？天涯海角寻找，寻找！

三

正如终日捕捞的渔夫，在夕阳西沉之时，捕到一条病得无以自卫但洁身自好的鱼。既而，占据在他脑海里的即是无可奈何的欣慰——至少，生病的妻子不会因孩子们挨饿而难过了。那，却发生在缺少阳光的角落和深水区。我备受阳光照耀，手持吃腻的糖果，正欲扔掉。尽情地矜持，尽情地嬉闹，这样一个角儿，居然也涌起渔夫式的慰藉，未免虚无一点了吧！

四

星星相遇，惺惺相惜。可我却不愿伸出乞讨的手，不信么？等着瞧吧！等着，等着吧！仲夏后面是中秋……

五

人心迷钝，终会睿朗，民族沉睡，终会觉醒。我犹如一颗暗闪微光的小星，好似可有可无的一员，却也不失热能——我奇迹般地振奋了，我在不知不觉中知觉了，何须百世千年？！

阳光普照。我喜悦地流泪，而且内心有意地高举着"橄榄枝"。青春是我，我是青春！正是，正是！我在"克隆"一个实实在在的我。蓦然回眸，天真伴我，无瑕伴我；无惆无憾，无衰无畏……

亚讯，我学中文，也酷爱文学；平素意念情趣涌来，总要胡诌几句肤浅的诗文。请别笑我，这只是青春青涩的思索，因为我从未准备就此停步……

你陌生的朋友：徐青春
1991 年 6 月 16 日于恩施

（五）

亚讯：

你好！你像极了我的一位表兄，小时候，我仰慕很久，却从未了解对方。他把自己包起来了，我也是。写你的名字，仿佛是相知多年的老友，却很久没有音讯了，告诉我，近年生活得好吗？林场还那么美丽吧？大自然、书籍，以及工人的生活。如今你真的成熟了，成了巍巍真男儿。你的一颗赤子之心，能否再度细读？我也有好多的感慨，想说与大兴安岭的林梢听，作为一个传递者，好吗？……

祝福。

秋雨
1991 年 6 月 21 日于洪江市

在此选录两封给读者朋友的复信——

林花：

你好！来函已阅，得知你读了我发表在《青年月刊》（1991年第 5 期）上的文字。谢谢你的关注。很高兴你也爱好文学，又生长在林区。从你的信中看得出，你是一位涉世不深、天真且有趣的女孩，也看得出你有一种凡事都喜欢打破砂锅问到底的劲头。

为不使你留下"不解的谜"，我愿意答复你信中提出的两个问题。

其一："你的文稿是提笔就写呢？还是绞尽脑汁？"实际我的文稿既不是绞尽脑汁的结果，也并非信手拈来的"百词汇"。因为绞尽脑汁之作，往往远离自己的初心，也脱节于自然或生活原貌，几乎无缘发表。信手拈来的语言，则需要文化积淀与才华，但那样又容易让人觉得傲慢敷衍。我没有才华，更不敢傲慢敷衍。我的作品只源于平凡生活和自诩深沉却不深刻的思考。"目前，中国会造句的人都在搞创作。"这犀利的观点，真像说给初中学历的笔者的。可是，我觉得这种戏谑的说法欠斟酌，只能是社会上很少一部分人对我们业余作者的忽视和误解而已。其实，名师的佳作也是经过潜心遣词造句雕琢而成的。其二："当你翻开编辑部寄去的样书，看到自己的名字时，你是怎样的感受？"当手中拿到发表自己文稿的书刊，初始自己的确有一份惊喜，但这却不是写作时的那种满怀激昂的情绪，更多感觉则是一种平静，之后便是紧张和压力。此时，心中只希望短文的内涵能在同龄人中间得到一些认同和反响。这样，也不枉费编辑部赏予的一页版面。我不是怀疑自己是否到了不会喜悦的年纪。

林花，以上文字只是我个人感受，供参考，不求偏听偏信，但愿抛砖引玉。如果今后你有文章发表请寄来，让我们一同分享精彩与喜悦。

祝秋棋

笔友：亚讯

1991 年 8 月 21 日

倩岚：

你好！来函拜读，获悉你阅了《青年月刊》中我写的短文，并希望同我成为笔友。谢谢你的理解与信任，我很高兴结识你。从你的信中感觉你是一位正直善良且富于才情的女孩。能结识你也许是一种偶然，也许是一种缘分。你真挚，你坦率，你厚重，你生活在美丽的古城金陵，又是一名令人羡慕的大学生。这是一份美好，你拥有这份美好。我向往也珍视，但愿你能正视，珍惜并好好把握。

倩岚，应你的要求和愿望，向你介绍一些情况——

我们克一河镇地处内蒙古东部，大兴安岭腹部与黑龙江交界。这里出门就是树木，再望便是山峦，名副其实的原始林区。镇内驻林业局，林业局系中型森工企业。其主要生产和加工木材。林业局与镇政府始建于20世纪50年代末期。镇内居住着来自全国许多省区的十余个民族的乡亲。荟萃的民俗民风民情厚道淳朴通透，而且亮点趣味很多。目前，小镇的人口已由原来的不足千人增长到三万多人。林业局已成为国家二档森工企业。镇容的规划与建设等方面也很有特色。另外，滨洲支线牙林铁路贯穿小镇东西。

每个人的生命都有自己的源头。最初，我的生命就是在塞北的这个小镇上开始的。现在，我是一名林业工人；籍贯辽宁，再溯源——据说是山西。父亲是林业局开发建设初期转业来的军人。我生长于一个普通的工人家庭，因此经历也很平常。每个人的心中都有彩云般飘逸、美好的憧憬和自己的苦闷与忧愁。人们都在为不同的价值观念而努力。我追求真、善、美。我觉得人只有投入社会实践，在不断追求和奉献中才会感到生活的美好和生命的美妙。所以，我在试图让自己的生命在社会上发挥出尽可能大一点的作用和价值，同时也想测验一下自己的灵魂到底能走多远。

也许，地域的影响，童年我便向往北方的粗犷与豁达，也渴望具有森林的丰厚和挺拔。岁月匆匆，却涌来艰辛和苦涩。后来，我幸运得到作家的教诲和启发，才动笔思索。已有文稿发表，并在全国大赛中获奖。我却未敢喜悦，自己初中的学历实在是文化羞涩。我深谙，山外青山楼外楼的涵义。尽管过去的二十多年我平凡，坎坷，却也丰富和充实。面对未来的工作和生活，我将更加诚恳和执着。

以上我说了许多，从中你一定已对我有了大概的了解。说真的，能有你这样的笔友我感到很欣慰。虽然我们素未谋面，但从你洋溢流畅的文笔中我感到了一种清新、恬静和蓬勃，一个优秀大学生的形象。诚然，我自己还不及你想象的那样"完美和高尚"，但我会努力使自己风雅和丰厚。

　　爱好使我们相识，交往使我们成为笔友。但是，我还是希望你通过以上的文字，对我进行认真审视和思酌。要相信沉静理性的思考，不要任凭热情冲动或过度依赖直觉。人间很大，社会很复杂。

　　倩岚，如果你真的有兴趣，还可以写信来。我愿分享你的知识、理念、真挚和清纯。但愿我们成为纯粹的朋友。初相识，来日方长，且叙到此。

　　祝学业好。

笔友：亚讯

1991 年 7 月 13 日

　　"海内存知己，天涯若比邻。"读者的信件我珍存着。这些书信来自一颗颗芬芳的心灵，宛若一串晶莹剔透而珍贵的珠玑，已经嵌入我的脑海，暖意融融，熠熠生辉。我觉得，信中蕴含着可贵的青春活力、前行动力、信仰定力与满满的正能量；折射着 20 世纪 90 年代热血青年共同践行中华主流文化的缩影，彰显着青年面对时代呼唤的热烈反响，以及同心同德奋发向上的高尚精神追求，具有积极的启示激励意义。每每重读书信时，我都觉得似乎时光在停留，依然倍感激越澎湃，依然倍感亲切温馨，依然倍感滋情润心益智，仿佛心灵得到再净化，友谊得到再升华，思念得到再延伸。

　　"守望相助，美美与共。"与文友交往过程中，我们亦师亦友，坦诚相待，相互理解信任，相互欣赏激励，并结下了真挚而深厚的友谊。在信中，我们敞开心扉谈理想，谈文学，谈学习，谈工作，谈生活，谈友谊。文友们普遍较优秀。特别是长春的蒙茜，睿智稳健，自学成才，豪爽真挚，重情重义，知识渊博（后来到北京大学进修学习过），多才多艺（写诗、书法、绘画、唱京剧、舞台策划指挥）。我不仅向其学到许多知识，提高了精神与情感境界，还得到过她的鼎力相助。我信中曾尊称她为：精神领袖、情感大师、商界精英。恩施土家族的徐青春，大学毕业后把《文学概论》《文学原理》等学过的教科书寄来，并敦促我阅读学习，从而使我系统了解了文学基本原理，增加了一些文学理论知识储备，充实了创作理念。呼和浩特的和风，曾连续数年寄来她业余手抄的文艺、励志与儿童教育学习健康方面的"文摘快报"及剪报。这间接使我的孩子一定程度开阔了视野，净化了心境，稳定了情绪，释解了疑惑与纠结。由此联想到，"见字如面""见信如吾""有事写信啊""想家就写信""收信速回""别忘记回信"等语境内涵真挚朴实熟悉，承载着人脉乡愁与情感寄托，又令人牵挂心动共鸣的陈词旧语，以及见字如面的亲切愉悦与捧读书信的温暖和盼信等信的焦急、窃喜、自豪、淡定或失落，都已凝结成了在通讯不发达年代度过的人们共同怀揣的百感交集与沉甸甸的美好记忆。我坚信如今仍有许多人偶尔还会情不自禁地在"信"的氛围中荡漾。

岁月不居，文媒高雅，人情如玉，心心相仪，惺惺相惜。笔者还曾有缘结识了辽宁的沈晖、葛玲珑和内蒙古的梅雪、梅玉、许涛、余芹、余秀、汪岚、嫦娥、吕紫薇、杰尔格月、冯莉雪、崔梅桂等文友挚友微友。文友挚友微友的情谊无价，情商无暇，情结无赝，珍视珍藏珍重。

在鸿来雁往和微言浩瀚的思想与情感交流中，尽管我与友人之间达成了许许多多的共识，分享了层层叠叠的美好，产生过点点滴滴的分歧，也许还存在朦朦胧胧的误会，但这对我们来说都不是问题。因为，不仅我们懂得珍惜，懂得包容，懂得共赢，而且更深谙"路遥知马力，日久见人心"，人间正道是沧桑，历经风雨见彩虹的含义。

伟大祖国，辽阔海空，广袤土地，茫茫人海。我们有缘同路，有缘邂逅，有缘遇见；不仅同路，不仅邂逅，不仅遇见，最值得骄傲与自豪的是：我们曾经一起沐浴文学艺术的雨露，一同歌颂生活的真善美，一路传承中华优秀文化，并共同经历了时代的洗礼与社会的考验。多么殷实，多么荣光，多么有意义。岁月荏苒，初衷不改。诗心永系，千里咫尺。思念想念，祝福安康。大中国春光正好，春潮春风正劲，春意正浓。坚信我们不负新时代，不负新使命，不负新辉煌。愿我们在心中共同约定：栉风沐雨再集结，再出发，再担当，向前进，向光明，向未来……

2019 年 2 月 12 日（草稿）
2021 年 9 月 12 日（定稿）

书韵书香

引　言

纵观古今中外的浩瀚"人海"和璀璨"书洋",书籍同语言一样,不仅是人们思想和感情交流的纽带与桥梁,更是承载人类历史、现实、未来的"知识方舟",特别是优秀的书籍,无不是人类智慧的结晶与世界文明的宝库。阅读优秀的书籍则是人们优化生活与经济社会发展不可或缺的有效途径。"世间最神奇的事莫过于阅读……对于我们大多数人,它永远是文明之声。"这是新西兰语言与人类学专家史蒂文·罗杰·费希尔的著作《阅读的历史》开篇语言。广义看,人类的阅读跨阅历,跨世纪,跨国界。开卷有识,开卷有智,开卷有益。

"世界读书日"

"世界读书日"全称为"世界图书与版权日"。1995 年,国际出版商协会在第 25 届全球大会上提出"世界读书日"的设想,并由西班牙政府将方案提交联合国教科文组织,俄罗斯认为"世界读书日"应当增加版权的概念。1995 年 10 月 25 日至 11 月 16 日召开的联合国教科文组织第 28 次大会通过决议,正式确定每年 4 月 23 日为"世界图书与版权日"。世界文学巨匠、英国著名作家莎士比亚,西班牙著名作家塞万提斯和秘鲁著名作家印卡·加西拉索·德拉维加都是在 1616 年 4 月 23 日辞世的,选择这一天作为读书日具有纪念意义。其旨在敦促各国政府更加重视阅读与出版;号召世界上的公民都能尊重、保护知识产权,积极阅读书籍或写作,汲取提炼精神营养；共建"阅读社会"，共同促进人类社会文明进步。每年"世界读书日"，许多国家都会分别举办庆祝暨图书宣传活动。目前我国已有20余个省（自治区、直辖市）成立了全民阅读组织机构，400多个城市每年都举办读书节、读书季、读书月、读书周、读书日、读书会、读书赛等活动，并吸引亿万人参加。

2019年4月23日，第24个"世界读书日"之际，中国国家图书馆、中国图书馆学会、"学习强国"平台联合全国图书馆界，共同开展了"读经典 学新知 链接美好生活"世界读书日主题演讲等特别活动。公布了《服务全民阅读 共创美好生活——中国图书馆界4·23全民阅读活动倡议书》，倡议推进知识型公民和学习型社会建设。当日，"激活经典 熔古铸今——《中华传统文化百部经典》专题展览"在国家典籍博物馆开展。还专门搭建了"4·23阅读活动展示平台"，并在全国范围内组织开启了"万卷共知"阅读竞答活动。上述系列活动，进一步营造了"读书日"的浓郁氛围。

2020年4月23日，第25个"世界读书日"之际，中国图书评论学会组织评选出的2019年度"中国好书"名单公布：其中有《论坚持党对一切工作的领导》《新中国70年》《中国古代纪时考》《人类的终极问题》《云中记》《宛平城下》《进阶的巨人：改变世界的伟大科技》《这里是中国》等共37种图书。

2022年4月23日，即第27个"世界读书日"之际，首届全民阅读大会在北京开幕。习近平发来贺信，在贺信中郑重指出："阅读是人类获取知识、启智增慧、培养道德的重要途径，可以让人得到思想启发，树立崇高理想，涵养浩然之气。中华民族自古提倡阅读，讲究格物致知、诚意正心，传承中华民族生生不息的精神，塑造中国人民自信自强的品格。希望广大党员、干部带头读书学习，修身养志，增长才干；希望孩子们养成阅读习惯，快乐阅读，健康成长；希望全社会都参与到阅读中来，形成爱读书、读好书、善读书的浓厚氛围。"这充分体现了党中央对推动全民阅读、建设书香中国的高度重视。这必将强势引领新时代全民阅读新风尚新热潮，进一步弘扬主旋律，传播正能量，共读书籍，共品书香，共享书智，促进实现书香中国建设和文化强国战略。

国内阅读图书热潮回眸

博览群书是人们进行文化积累、文明互鉴、知识储备和学习交流的有效载体与重要途径之一。特别是优秀的书籍能给人们希望、光明、温暖和力量。阅读好的书籍可以优化人生轨迹，提升人们文化文明素质；也是提高公民精神免疫力和国家软实力的必由路径。"以读书为乐，以读书为荣"的时光特别美好。20世纪80年代的十年，是中华人民共和国成立后全民阅读学习的一个高潮期，当时全民对知识的饥渴程度，较之当今有过之而无不及。特别是50后、60后的人，共同经历了"文化在革命"后文学（文化）的洗礼，社会上还涌现众多书友书生书迷。这些至今还令人感到亲切温馨，并记忆犹新。遥想当年，上下班和放学的人群，许多人手里握的、兜里装的、自行车载的，几乎都有自己喜爱的书刊。特别是每当周末或节假日，各新华书店、图书馆、阅览室、报刊零售亭里几乎都是人头攒动；卖书、买书、订书、借书、租书、读书的场面形成一道道蓬勃亮丽的人文风景线。记得那时人们普遍喜爱的文学刊物有：《人民文学》《小说选刊》《民族文学》《小说月报》《中篇小说选刊》《青年文学》《诗刊》《十月》《当代》《收获》《译林》《海峡》《芙蓉》等。因而，涌现出一大批文学青年。普遍接触的书籍和综合报刊有：《美学的历程》（李泽厚）、《存在与时间》（德国：马丁·海德格尔）、《十万个为什么》（叶永烈）、《读者文摘》（读者）、《中国青年》《辽宁青年》《山西青年》《半月谈》《故事会》《今古传奇》《八小时以外》《大众电影》等。通过广泛阅读文章，许多干部、工人、农民、军人、科技人员和知青，以徐迟《哥德巴赫猜想》中在科学春天里勇攀科学高峰的陈景润为榜样，纷纷报名参加各类刊授班学习，或参加国家高等教育自学考试。学生们也以此立志，决心将来踏上科学报国之路。广大工、农、商、学、兵、青（知青），都从《班主任》（刘心武）、《灵与肉》（张贤亮，后来改编成电影《牧马人》）等系列伤痕文学作品中，见到了热切期盼的社会正义曙光与悄然回归的人性人情之美。此前此后的时间里，小说作品《呼兰河传》（萧红）、《城南旧事》（林海音）、《创业史》（柳青）、《红日》（吴强）、《保卫延安》（杜鹏程）、《红岩》（罗广斌、杨益言）、《林海雪原》（曲波）、《东方》（魏巍）、《青春之歌》（杨沫）、《第二次握手》（张扬）、《红旗谱》（梁斌）、《梦的衣裳》（琼瑶），以及《艾青诗选》和李瑛、海子、顾城、舒婷、席慕蓉的诗歌，又相继让国人特别是青年们的精神生活插上了诗意的翅膀，间接或直接品味到了人间亲情友情爱情的美好曼妙。汪国真《年轻的潮》《年轻的思绪》《年轻的风》系列诗集，又使一大批情窦初绽、洋溢青春风采的年轻人，在真挚真诚的情谊、清纯清新的意境中得到励志成长。总之，这风靡全国、盛行长达十余年的"读书热潮"从文学、美学、哲学、科学等层面，的确温润了无数国人曾经长久禁锢干涸的求知若渴的心灵，并巩固树立了正确的历史观、时代观、未来观。上述"读书热潮"不仅成为中华人民共和国空前珍贵的文化遗存和人们美好的记忆，也成为了后来促进经济转型、社会改革向好向远发展的思想积淀与知识储备。

我与读书结缘续缘颇深。在中小学时期我还是个淘气的学生。离校当知青后，才切实领悟"书到用时方恨少""少壮不努力，老大徒伤悲"这两句箴言训语的含义。那时起，我一直对书籍特别喜爱，既敬仰又敬畏，也坚持阅读的习惯。我也曾经是20世纪80年代初由《青年文学》演读而来的"文学青年"群体中的一员。那年代的"文学青年"是坚定的、认真的、有社会责任感的。其有别于后来被称为"文艺小青年"的群体，他们娱乐、时尚、飘逸的元素较多。大约1985年，一位当时已就读牙克石师范学校大专班的同学赠予我一本《唐诗三百首》。我非常珍爱这本书，甚至对其中自己偏爱的诗句虔诚郑重朗读，并用录音机保存在磁带中播听。后来，这盘磁带在同学间流转中遗失了，而且那本诗书也在文友"借阅"后失踪。当年《唐诗三百首》特别紧俏，在偏远的大兴安岭几乎买不到。对此，我至今仍然颇为遗憾和心疼。大约2003年，我开始关注欣赏中央电视台《半边天》栏目中关于读书的访谈专题节目，感觉耳目一新，心智开阔，深有同感，受益匪浅。当年3月18日，央视知名主持人《半边天》栏目"周末版"主播张越，还寄来一张签名"工作照"，赠"书虫－粉丝"留存。由于工作与身体因素，近些年我的阅读量大幅减少，为此深感内疚与不安。但是，我对书籍的喜爱程度却有增无减。每次去外地，进书店就不愿走出来，还尝试上网购买书籍。家里与单位的书籍，总是"定居"在举目可望、触手可及的位置。在我的生活与工作中，书籍确实是"压舱石""新能源"，并起到了良师益友引航强智助力和安神明志清心的作用。特别是每当焦躁的时候，只要捧起书来阅读，洋溢的书香一会就把自己波动的心情，陶冶陶醉成"宁静致远"，或"诗和远方"，或"仰望星空"的佳境了。

人们读书少或不读书原因简析

书籍如同茫茫人海中闪烁的精神灯塔，能点亮人的心灵，丰富人的生活。每一本好书都是馈赠心灵的精美礼物。阅读能让人发现感悟真善美，能传递公平、正义和光明。每个人读过的好书，既是自己眼睛打卡的高端路，也是知识积淀的高速路，更是心灵洗礼的高光路。读好书籍是心灵抛光的过程，在古今中外的好书籍中穿越畅读，我们能幸遇许许多多值得钦佩、值得学习、值得敬仰，具有大智慧、大思维、大格局的能人高人伟人。但愿读书成为全民长期参与的大型公益文化活动和一项"民族希望工程"，并代代相传，进而促进实现中华民族伟大复兴。

如果说，一个人或一个民族不读书就是堕落，也许有些言重了；但说不读书一定是落后的重要原因，毋庸置疑。既要把读书当作泅渡生活江河的小船，也要把读书当作驶向人生大洋的巨轮。

据调查与观察，我国真正自主刻苦读书的是中学生，大学生自主阅读明显减少，社会成年人中有读书习惯的人仅 5% 左右。分析当前国民读书少或不读书，也许有八个主要原因。一是进入 21 世纪人们的生活和工作节奏逐渐加快，各种压力叠加，工作忙，没时间读书。二是许多人的工作与书籍无直接联系，所以放弃了读书的习惯。三是上网（含手机上网）的人多。四是老年人主要忙家务，看电视，重养生，乐休闲，许多中年家长只是口头督促孩子读书。五是一些人心理浮躁，阅读目标不明确，觉得找不到感兴趣的书读。六是现在图书价格比 20 世纪 80 年代时高 10 倍多，不少人买不起精品书，买书不读，当装饰的也不少。七是公共图书场所少，仅观内蒙古大兴安岭林区：牙克石市的新华书店销量较好的大多是学生辅导书和工具书，林区作家的作品专柜都没设；公立图书馆偏僻沉寂，私营书店也不景气，个体报刊零售亭几乎已经绝迹；各林业局（镇）址的新华书店，甚至有的连房屋都已经对外租赁，尚存的单位图书馆（室）书籍陈旧稀少，不对外开放。八是新的"读书有用论"像病毒感冒一样悄然流行，非"有用"的书不读，而"有用"的定义变得非常狭隘（交际、娱乐、官场、理财等内容）。如果这种功利性阅读倾向呈蔓延开来之势，将会成为阻碍未来经济社会协调健康发展的重要"隐患"，也可能会成为威胁正确世界观、人生观、价值观体系和道德理念的危险源，令人忧虑，令人反思，令人警惕。

影响较广的一些书籍

优秀经典的书籍如同璀璨明珠。读优秀与经典的书籍才能真正体会并见证读书的重要作用与巨大价值。中国传统文化蕴含着优秀思想观念、丰厚人文精神、崇高道德规范。自古以来，我们中国就不缺乏优秀的思想家、文学家、作家和优秀作品。诸如"四书五经"，指儒家经典著作，"四书"指的是《大学》《中庸》《论语》《孟子》，"五经"指《诗经》《尚书》《礼记》《周易》《春秋》。古代的时候，"四书五经"是每一个读书人都要读的书。"二十四史"即中国古代二十四部史书的总称，分别指《史记》《汉书》《后汉书》《三国志》《晋书》《宋书》《南齐书》《梁书》《陈书》《魏书》《北齐书》《周书》《隋书》《南史》《北史》《旧唐书》《新唐书》《旧五代史》《新五代史》《宋史》《辽史》《金史》《元史》《明史》，其对于现代读书人来说仍有重要的启迪意义。孔子、孟子、老子、孙子、墨子、韩非子等人都是古代特别优秀的思想家、谋略家，作品的分量都很厚重。孔子的《论语》是中国儒家文化的经典著作。老子的《道德经》是中国道家文化的重要作品，也是在世界范围影响较大的书籍。孙武的《孙子兵法》是中国和世界上最早、最有影响的军事理论著作之一。此外，元明清的作品也颇多。中国古典文学四大名著各有千秋，在国内外影响较大。"罗贯中的《三国演义》是凝聚正史，重写国情，表现君王将臣斗智斗勇、暗流涌动、惊心动魄、波澜壮阔、国之分合兴衰的时代变迁；施耐奄的《水浒传》是落墨野史，重写民情，表现民间英雄思绪豪迈、义气冲天，举止英勇，傲骨忠魂，场景凄美；吴承恩的《西游记》是虚拟妖史，重写世情，表现神气正人、人气妖怪，险趣横生，意味深长，折射人间正道是沧桑；曹雪芹的《红楼梦》是立足家史，重写感情，表现大家门庭、才子佳人、亲情缠绕、爱情绝唱、宦情潜动、苍生百态，是传统社会的浓缩。"

王蒙是一位"德艺双馨"的人民艺术家，文化部原部长。其代表作有《青春万岁》《组织部来了个年轻人》《活动变人形》《这边风景（上下）》《春之声》《夜的眼》。其作品被译成20多种文字在国际上出版。还获得过多项国内国际文学大奖，显示了中国当代文学的创作高度，并为中国当代文学繁荣发展做出突出贡献。当代作家莫言的《红高粱》，"将魔幻现实主义与民间故事、历史与当代社会融合在一起"，得到世界高度赞许。莫言成为我国第一个获得诺贝尔文学奖的人，具有文坛里程碑意义。经典作品无不蕴含着对自然、对人类、对历史、对现实、对未来的高深思考与启示。优秀经典书籍宛若人间的精神盛宴。读经典"要有锲而不舍的精神、常读常新的态度、百读不厌的劲头"，从而"用经典涵养正气，淬炼思想，升华境界，指导实践"。

"读书时间"剪影

自古以来，我们中华民族就有着勤学善学好学的传统，有着浓厚的文化底蕴，是爱读书、爱用书的书香民族，而且发明了印刷术、造纸术。苏东坡云："发奋识遍天下字，立志读尽人间书。"近年来，一些国民却徘徊在书店之外，难免令人遗憾与纠结。2013年我国国民阅读调查显示，18岁至70岁识字公民每天人均读书时间约13分钟。但是，业余时间里热衷于刷"微博"、打"游戏"、迷"微信"、吼"抖音"、观"火山"、玩麻将的人各地皆有。应警惕的是：如果上述现象长期蔓延，也许会衍生文化自残和文化自弃的现象。陌生而熟悉的是：曾经在桌上、床头我们触手可及的是书籍，现在伸手可得的却是手机。这值得拷问和反思。

开卷有益。每卷书、每本书、每页书，都可能给读者心灵打开一扇窗，甚至其中一段话也能触动心扉，拨响心弦，温润心灵。人读书多了，懂得的事理道理情理自然就多了。人人多读书，人心映人心，换位思考问题，人间就更和谐了。读书既能给人知识、自信、深度、力量，也能给人思想启示与灵魂震撼。书海气势磅礴，知识广阔无涯。书房是书友心灵飞翔的愿景栖所；书籍是洋溢思想芬芳的人文佳酿；读书使人回归精神故乡，眷顾理想殿堂。"腹有诗书气自华"，饱读佳书成"大咖"。长期读书学习，能潜移默化丰富人的修养、气质、仪态、定力和精神境界。

阅读需要人虚怀若谷，虔诚虔敬，谦谨谦卑。不读书容易使人心情浮躁，表情冷漠，眼神呆滞。读书则能使人心情愉悦，表情淡定，目光炯炯。孜孜不倦地读书是人饱享精神升华、充实、益智，进行文化审美、吸收、交流、探究的过程。天道酬勤，厚积薄发。越读书越感觉懂得的知识太少，越读书越感觉书籍的魅力博大。人心中一旦无信仰，难免杂念丛生。远离精神溃疡，养成读书习惯，我们人人有责。

读书意义简析

"风声雨声读书声声声入耳；家事国事天下事事事关心。"这副镌刻在无锡东林书院大门口的著名楹联，是我国明代思想家、东林党首领顾宪成创办该书院后所撰写的。其内涵对"读书为什么"做了一种立意较深远的阐释——就是读书人不仅要有认真读书的心态与姿态，更要有家国天下的情怀与胸怀。人为什么要读书学习？"书中自有黄金屋，书中自有颜如玉"这是古人的一种自娱解释。"大概就是为了遇见更好的自己，成为一个有温度、懂情趣、会思考的人吧。"这是当代青年的一种浪漫回答。进而言之，读书学习既是为自己精神丰盈，也是为家庭兴旺富庶，更是为国家繁荣昌盛。这一观点应是既平实又现实的。

我们读书不仅是积累知识，启蒙思想，分享美好的精神生活；也是润泽心灵、气质、品格、修养的有效途径；还是文脉互通、文化互补、文明互鉴的需要；更是中华民族文化自信、自立、自强不可或缺的智库与动力源。

读书的时空层面意义，应是传承历史，丰富现实，架构未来。读书的更高层面意义，应是凝聚人类智慧，"学、思、辨、用结合，知行合一"，促进人与自然和谐共生。读书的国家层面意义，应是"将中国传统文化当作一种独特的战略资源传承"，保障国家和民族崛起。读书的公民层面意义，应是汲取知识，满足日常生活中的精神文化需求。读好书不仅给人希望与正能量，敦促人独立思考、换位思考，催人奋发向上，而且会不断唤起人们对人类优秀文化，特别是对中华民族优秀文化的敬畏、拥戴、坚守、传递、弘扬。读书对人的成长影响巨大。读书的利害益弊，关键在于所读书籍性质的正义与邪恶，内容的积极与消极。一本好的书籍，如清纯品正睿智的良师益友，使人心向善、人情温暖、人间美好；不好的书籍却像浑浊劣质愚昧的巫师赝友，使人心险恶、人情冷漠、人间丑陋。读好书会锻造健康心态、健康人生、健康社会、健康国家、健康世界。因此，我们应凝心举目面向古今中外的文山书海，树立读好书的观念和自觉读好书的习惯。

书籍阅读的基本方法

古今中外各种报刊书籍浩如烟海，每个人阅读的时间却有限。许多有益的读书方法值得借鉴：我国春秋时代子思的"五之法"（博学之、审问之、慎思之、明辨之、笃行之），宋代朱熹的"三到法"（口到、眼到、心到），现代鲁迅的"五到法"（眼到、口到、心到、手到、脑到）。徐特立、谢觉哉、华罗庚、赵树理、老舍、巴金、陶铸、邓拓等现代文化名人学者总结出了"跳读法""选读法""挤钻法""苦学法""印象法""厚薄法""研读法""淘金法""积累法""渗透法""乐趣法""简读法""通读法""复读法""细嚼慢咽法""先浓后淡法""一目十行法""走马观花法""古今中外法"等读书方法。此外，随着融媒体的普及和电子书的流行及阅读理念的拓展，听书已经成为当代一种既可以"一心二用"又可以节约时间，还能解放眼睛的阅读形式，值得试听倾听聆听。上述读书方法，可以因人、因时、因地、因需借鉴。

关于祖国

一

在我心目中，唯独祖国的名称最响亮，唯独祖国的形象总是那样亲切、神圣和清晰；没有什么能比祖国对我更重要的了。

二

任何一种情感，也无法胜过我对祖国的热爱之情；只有祖国的怀抱最温暖，最能使我痴迷和陶醉。

三

无论哪一种声音，都不能比祖国母亲的召唤更使我为之激越、振奋和自豪；祖国母亲的召唤，永远是我心甘情愿的共鸣。

四

"祖国永远在我心中"和"祖国不会忘记……"这两句话同样使我感到厚重和刻骨铭心的感动。

五

献给祖国母亲的誓言——您是浩瀚的海洋，我是一叶待发的小船，只要您发出召唤，我生命、信仰的帆永远不会疲软。

六

没有什么能比一个人缺乏对自己祖国的信任和热爱，甚至对祖国的内涵持着模糊的认识更为空虚和苍白的了。

注:

本文原载《鄂伦春》文学期刊 1999 年第 4 期 56 页，另载《林海日报》1999 年 10 月 13 日第三版，还获得"2012 年首届时代颂歌全国诗歌散文大赛"一等奖（中国解放区文学研究会、北京市写作学会举办）。

森林断想

一

森林能激发人美好飘逸的情感，也能使人感到恐惧和惘然。如果你用目光去探测，会感到它广袤平淡；你用心去感受，会品尝到它浑厚又庄严。

二

森林与世界血脉相连。森林的意境是大山展示的胸怀，它也是人永远可以信赖的母亲。因为每当你感到苦恼彷徨的时候，她都会及时地给你最好的叮咛和指点，并把你黯淡的心重新点燃。

三

森林显示着大山的骨髓与永恒，也留下了人类从中走来的艰辛和蹒跚。走了几千年的路，终于人走出了一种湿漉漉的感情……

注：

本文原载《东方诗群》丛刊 1993 年第 1 期 61 页（北京师范大学出版社出版），另载《当代精短散文诗》丛书（新疆青少年出版社 1994 年 1 月出版），《鄂伦春》文学期刊 1995 年第 1 期第 14 页。此外，2001 年内蒙古克一河林业电视台将其制作成电视专题片播出。

第三辑　小　说

晚　风

　　薄暮。夕阳像个做了错事的顽童，涨红着脸羞涩地向山后匿去。寂静的山林渐渐地黯淡下来。整个峡谷、山坳也显得狭小许多。周围的一切慢慢地呈现出隐隐约约的轮廓。

　　有两个人竟在这幅轮廓中出现了。他们踏着在山坳里蜿蜒伸展的山路，缓缓地向前走着。沉闷的脚步声冲破了沉寂。

　　稍近些，便可以分辨出这是一男一女两个青年人。

　　"欣欣，"他凝神地望着她轻轻地问，"……是你让我来的？"

　　"是，见你今天上班时神色黯然，便请你出来走走。我也说不清楚这是一种兴趣，还是一种关心。"她轻柔地说。

　　"怎么，让你感到为难了？！"声音恬静而安详。

　　"不，不，我不是这个意思……"她慌忙解释道，一副拘谨的表情。

　　沉默。两人沿着山路默默地前行。

　　他偷瞥了她一眼。两双眸子猛然相遇了。他心头一热，突然捕捉到了一种类似自己的同样灼热的感觉。

　　她面部羞红，朝他微微一笑，之后仍神情自若地望着他。他却慌忙埋下头，掩饰起失措的窘态。

　　"她平日在厂里的年轻人眼中简直是个高傲、神秘的公主。许多小伙子都喜欢她，却不敢接近她。她自己呢，对什么又都好像不太在意。对谁都看不出有亲疏远近。对我虽不够热情却也实在谈不上冷淡。偶尔她也同周围的人开玩笑，总适可而止。人们只是敬之、恭之，而不敢近之。天知道她心里究竟是怎么想的。今天她为什么会约自己出来呢？……"他暗自思忖着。她停下站立在他面前，微微仰起脸，深切地注视着他。她那任性的眉宇间似乎露出一丝不易被人察觉的紧张与愁苦。

"安琪……"她翕动嘴唇，刚呼唤出声来却又停住了。

"有事要对我说吗？"他小心鼓足勇气问道。

"听说昨天你已同邻厂的小秦姑娘订婚了，是吗？"她表情矜持，尽力地使自己的语气和情绪平稳温和。然而，她眼里还是浮出了一丝不安的神色。

"唶，这件事怎么说呢？"他心里猛地收缩一下，慢慢垂下头，"就算是吧……"声音低低的。

"安琪，你觉得你们俩还谈得来吗？从前你们很熟悉？常见面吗？"声音轻轻地、倦倦地，又似含有很深的蕴力。

"至今我们认识不过才两个月，仅见过一次面。她好像很腼腆或介意什么似的，很少讲她的事情给我听，了解尚不够，当然还谈不上理解……"他摇摇头，表情冷漠地说，"可在媒人的催促下还是按风俗匆匆定了关系。"他很惆怅，语气中流露出一种哀怨和无奈。

"安琪，你这样做是遂了人们传统的世俗心理，也无可非议。可你这样做，无论是对你，还是对小秦，或是另外什么人就算负责了吗？！"她有些激动，轻微叹息一声又意味深长地说，"人生贵在自信和选择，莫非咱们厂或你周围的姑娘中就没有一个惹你喜欢、值得你爱的人吗？"

"爱，喜欢，但痴情会有结果吗？谁愿理睬一个描图工……"他木然道。

"即便你可以看轻自己，可你凭什么擅自就给别人下同样的定义呢！你喜欢？可你问过厂里的哪位姑娘？至少你问过我吗？"她激动地涨红了脸，但这种兴奋又马上在面颊上消失殆尽，恢复了平静。

"那……"他看到她热辣辣的目光，感到很不自在，语无伦次，尴尬地低下头。

"安琪，你不记得两年前我刚分配进厂时，我跟你学习过半个月描图业务吗？那段生活我感到很清纯、充实和有兴趣……"她意犹未尽的神情，不再像往日那般平静，眸子里闪烁着一种深窐的光亮。

"你竟还记得？！……"他有些难过起来。

"安琪，我想要你回答，你喜欢我吗？爱我吗？"她蠕动着嘴唇，悄声而迫不及待地问，那双长长的睫毛里涌动着一种痴情和冲动。

"欣欣，老实讲，我是很喜欢你的。我一直都在默默地爱慕着你，欣欣……"他惊愕地支吾着。

“生活常有这样的情况，沉默也许更合乎道德是吗？”她双眉紧张地抽搐两下，陡然地说，“人有时失去了瞬间，也就失掉了缘分。”

　　“直到现在我才理解和感受出咫尺天涯的含义……”他有些懊悔和羞愧。

　　“可是时光不会再倒流。世间许多已逝之事不容人细细琢磨，也不会让人再从头选择。尤其是感情，消失了就几乎找不回来了。”她有些忧伤。

　　“欣欣，明天我去小秦家，跟她说明情况，把婚约退了。”他解释着，目光中交织着一种期盼和迷惘。

　　“你不能这样！安琪，我不要你这样做。我希望你能懂……”她大声道，任性高傲的面孔上忽然掠过一丝顾虑、紧张，“你千万别生气，安琪，我要讲的话已经告诉你了。也许不该说出来，但又不能不说出来。这样我的心境才会豁然。安琪，就让我们今天的话语，作为你我两人之间的最坦诚的一次交谈吧！呵……”她的神色浮现出冷静矜持加慰藉。

　　“欣欣，你还想听我说吗？！”他喃喃地。

　　“我明白你的心意，请不要再说了……”她有些硬咽，明澈的眸子里噙满了泪水。

　　“安琪，我希望也相信你今后一定会创造和获得幸福！……”说着她转身沿着山坳里蜿蜒伸展的山路，径自跑开了。她的步履好似很沉重，又好似较轻盈。

　　“欣欣……”他怔怔地望着她渐行渐远的倩影，下意识地呼喊着。

　　夜幕已临。起风了，猛然，他的心仿佛感触到了一股清润潮湿的气息。在他周围，另有一股来自旷野的馨香挟着树叶散发出的苦味，在随风弥漫……

注：

本文原载《草原》文学月刊 1996 年第 1 期（总第 378 期），内蒙古自治区文联主办。

再见了心中的橡树

临近黄昏。阳光依然无私地沐浴着万物。在林场西边一条清幽宁静，遍布花草落叶，像铺着毛茸茸地毯的林间小路上，曾经的一对情侣并肩健步由北向南走着。广袤的森林里，他俩仿佛像两枚硕大却轻盈的树叶在地面随风而动。

"浩楠，今天我只想咱们能到那里看看……"她打破沉默。

"因为那棵橡树，是天然的生物，难免也会受到生态规律的制约。"他搭腔道。

"我总会回忆起过去咱们经历的往事，你呢？！"她问。

"小娅，你说呢？我能不去想吗？！……"他回应道，"据说，这是人惯性思维怀旧的一种表现。"

她用一只手轻轻地扶在他宽厚的肩上，有意借力被呵护着前行。她边走边歪头望着他，目光中流露出调皮与爱慕的神色，脸上却显得有些憔悴、忧郁和倦怠。他俩谁都清楚，已经许久没有共享这种心灵默契的曼妙感觉了。

"三年前那个初秋的傍晚你离开后，我就一直依靠着那棵橡树，度过了孤独苦闷而漫长的一夜。当时，自己不愿走，也实在没有勇气力气走回场址了。"他浑厚的声音透出执着。

"那时，我的感情脆弱矛盾极了，心绪如麻，泣不成声；真不知道是怎么离开你和橡树的。"她表情木然地说。

"记得，你只突然告诉我要离开林场，并不让问为什么，还问我会记住这棵橡树吗，最后见你小心翼翼地收藏起几片橡树的叶子，脸色非常难过，强忍着泪水。"他回忆说。

"有时，生活的飞转直下让人难以接受，"她怏怏地说，"有时又让人难以正确选择。"

"浩楠，都这么久了，当时我珍藏的绿叶虽然已经脱水，可它们依然还保持着原来健美的轮廓、清晰的脉纹与青春的颜色。你说，咱们的感情会像这样历久弥新吗？"她问。

　　"小娅，怎么说呢？假如咱们的感情真的淡漠或脱水了，也许就不会感到刻骨铭心的思念和莫名其妙的苦恼了。人生不能如愿的事情很多，即使今生不能一起生活了，可毕竟两颗心曾是相通相融的，毕竟两个人曾经相濡以沫过，难道不该高兴吗？！……"他怏怏地说。

　　"浩楠，不要宽慰我了好吗？！那样我会更不好受。"

　　蓦然，她仿佛被一扇情网笼罩，脆弱地倚在他肩上啜泣起来。他俩机械地慢慢挪动着脚步。

　　"你知道，我从小就特别喜爱并崇敬橡树，它在塞北生长得较少，却独具骨感与风采，所以人们才喜欢把它作为心灵的某种寄托与象征。似乎有人讲过：橡树与人是用相似'材料'生成的。"他若有所思地说。

　　"在我心中，那棵橡树从来就是隽永与神奇的，它已在这个高原生长了近百年，不仅见证了诸多生物生命的喜怒哀乐，而且它的年轮里镌刻包容了咱们一路走来的人生憧憬、追求、收获与失误……"她停止了啜泣。

　　山风一阵阵，传递着各种微妙的喧嚣和清凉。树木花草簇拥着羞涩地在他俩身旁同步逆行。

　　走了大约二十分钟，他忽然停住脚步，靠在小路旁一棵高大的兴安落叶松树上了。他闭上眼睛，感到一阵燥热眩晕，似乎没有勇气再向前走了。他咬着嘴唇，尽力克制澄清着黯然复杂的感情。这时，她以为他累了，也依偎在一棵树上。

　　"小娅，别去了。那棵橡树遭遇雷击，上部树干折断倒下了！"他睁开冷清的双眼沉重地说道。

　　"啊，我听说了……可原来咱们谁也没有想到它会折断倒下！这次回来，如果不亲眼看望橡树，我心里会永远惴惴不安的。渴望去，也怕去，毕竟咱们的爱情是和它联系在一起的。"她喃喃道，脸色有些苍白。

　　一阵缄默。只有林间鸟儿啁啾的声响和他俩脚下落叶发出的窸窸窣窣的声音。

　　经过一段跋涉，他俩终于来到了彼此常常回忆起的曾经常眷顾的心驰神往的地方。从幸存的约 10 米高的树干上，依稀看得出橡树遭劫难时的惨烈痕迹；折断后的上部树干树枝不见了，也许被人当作驱邪的雷击木珍藏了，也许当作烧柴变成灰烬了……幸存的半截树干依然屹立，树干上存活的树枝树叶盎然凄美，但这似乎很难让人全然想起当年橡树枝繁叶茂、沐阳舒爽、迎风婆娑的模样了。仿佛，这里的一切都变得陌生、寂寥、单调、缺失。眼前的景象，使他俩顷刻萌生一种朦胧迷离空旷阵痛交融的感觉。

蓦地，他扭身用双手拥着她的双肩摇晃着，下意识地嗫嚅道："真的倒下了！……"他情绪瞬间明显波动，不愿相信现实。

"都怪我，今天不该约你来，"她歉疚地说，"有时，自然与现实一样悍然无情，想起来挺可怕的！有时，生物在自然界中显得很神奇，有时又显得那么渺小和孱弱。"她的侃侃之言，似乎不无道理。

"逆反心理么，怕无端伤害我的初衷与感情是吗？小娅，你太善良了。"他说。

"浩楠，咱们到这里来，是感情失控、贪婪、升华，还是寻求心灵净化、慰藉，或解脱呢？"她问。

"是，也许又不都是。其中会不会含有更高层面的精神内涵呢？有时，人连自己意识到的东西也不易描述准确。"他的表情惘然却含有深邃。

"浩楠，以后你和我，也会像这棵橡树一样吗？"她忧愁地问。

"不知道"。他似乎没有思考。

"我真的太软弱了，甚至不无盲目虚荣……浩楠，你恨我吧！我没有毅然决然地爱你，珍惜你，辜负了你，竟妥协屈从了家长意见，违心地投奔依附一座陌生的城市、一个陌生的人……其实，这是很滑稽和痛苦的！"她用手抹着泪，嗫嚅道。

"小娅，我永远也不会忘记你这黯然伤神的样子。别过分地责备自己了，好吗？！我知道，你一向同情怜悯别人，宁可舍弃自己所得，甚至幸福。我不担心你会变质堕落。任何人都有意识苏醒与迷离的界线，也都有行为平衡与倾斜的砝码。今后，你的身心不是盲目地沦陷到浮媚、廉价、愚昧、浑浊的世俗市场上就好。"他温婉又倦倦地继续说，"也许人都会有感到迷惘的时候，我现内心很矛盾，却又无法超越自己，无法改变面临的窘境。希望与失望同样会使人动心动情动容，也许这一定程度表明了人情人性双面双锋的特征。自然规律让人敬畏，生活美好让人陶醉，社会像万花筒般让人目不暇接。所以，人既要明辨是非，又要承受社会现实脉冲的压力压差。"

"浩楠，真的，你恨我吧！别怪我的家庭……"她说。

"为什么要恨呢，每个人都有自己的追求与奉献，也应该有自私和狭隘的余地。即使为报答父母，也无可厚非，人不仅是家庭的产物，也具有社会属性。传统习俗与现代理念碰撞交集，会催生出新的文明与进步。也许当初咱们的爱情就是昙花般美丽的错误；也许清纯的姻缘在物欲横流的环境中很难安然栖息。"他说。

"命运恩赐了人情感，又让人经历精神折磨。我对人间淳朴的美有着的强烈渴望与浓厚寄托。可现实却常常事与愿违！……"她的声音有些哽咽。

"小娅，曾经拥有过你的爱，我真的很幸运，谢谢你！我却没能力做件使你特别体面的事，很遗憾，也很对不起！今后你别再倾心想我了，这样只会滋长你的惆怅和苦闷，衷心祝愿你在南方找到更好的位置，体现人生的价值。"他安慰道。

"浩楠，我对你的爱是清纯的，心甘情愿的，无怨无悔的。不管什么时候，走到天涯海角，我都不会忘记咱们纯真的感情和对真善美的坚贞信仰。否则，我将无法生活。求求你，不要再违心地讲了。"她满面泪痕地喃喃道。

"小娅，坦白地说，也许我不该勾出并摇曳起震撼往昔岁月流年、绽放情感芳华又滋润彼此生命的青春往事！人如苍穹闪烁的繁星，又如白驹过隙。人生活在世界上很幸运，也很不易。应对自然生态心怀敬仰与感恩，对社会生态心存敬畏与关切；基于此把真理真情真爱根植于心，予以追求响应回馈。应尽力滋养自己的灵魂、驾驭自己的生活，相互信任，相互鼓舞，理解包容，守望相助，不负韶华，美美与共；尽量使人生多一些情趣，多一线光泽，多一分意义。"他感慨而淡定地说着。

"浩楠，听到你这些话，我真的很高兴，理解也认同，领略到了你原来的思想骨骼、感情脉络和人格魅力。我也该满足了，可想到要离开，又很揪心伤情。也许我的理想与现实生活氛围差异较大，自己不肯任世俗摆布命运，可又犹豫彷徨不止……"她双眸闪亮，表情真诚而懦弱，也难过。

"小娅，虽然有时生活并不像人们期望的那样公平美好，但依然对每个人释放着有形无形的难以抵挡的各种诱惑。尽管你定力不足，可从你的生活与心灵却折射出了许多正能量！"他欣慰地说。

"揶揄我吧？！"她轻声地问。

"不，是实话实说，是条件反射使然。"他说。

"其实，生活的安逸舒适并没有动摇麻木我的神经，这恰恰使我感到不安和内疚。我与现在的男友来往只觉得自己在尽着一份善意，却得不到心灵共鸣，常常感到压抑、苦闷和煎熬。可只有这样，才能符合所谓的潮流，才能满足父母所谓的'鲤鱼跳龙门'的世俗心理……"她苦苦而无奈地倾诉道。

"现在我还能奢望什么呢？！只能尊重你的选择，只希望你能用尚存的一缕寄托和怀念之情，与我在这里共同为咱们'高处不胜寒'的爱情悄然地举行一个小小的葬礼。"他坦然泰然释然地说。

"我知道，你一直爱我，信任我，理解我，宽慰我。可你的心里也一定很难受。我真不知道该怎样报答你！……"她说着，微微俯身双臂搭在他肩上，恸哭起来。

蓦然，她的手臂从他肩头上脱离，表情木然，眸子里充满忧郁、期待。"浩楠，能再好好地看看我吗？！我觉得，以后你无论如何也不愿再见到我了！"她苦苦地说。

"小娅，别再猜疑和过于伤感了！我只是不希望见到你现在这般模样了，记得我曾经对你说过，作为生活伴侣我的确缺少社会'标配'，但作为挚友我还是可选可信可靠的。尽管不久你就要结婚定居南方了，尽管彼此天各一方，生活地相距遥远，但我依然会把内心这独特的位置留给你！'见与不见，我就在这里！'"他舒缓而欣然地说。

"浩楠，咱们心中的橡树没倒是吗？！如果你有机会去南方，我希望你顺路看看我。"她的表情因激动放松了些。

"当然，当然……"他回复道，继而语气又饱含诚恳，"我也欢迎你闲暇时回故乡来。"

"小娅，咱们回去吧，明天你还要赶路的。"说着他轻轻地用一只手拉起她的衣袖，"过来，让咱们用真挚的情感和美好的祈愿，向橡树告别！……"他的声音既庄重又悠远。接着，他俩百感交集地向橡树鞠躬致礼，而且各自心中默默道："再见了，心中的橡树……"

"浩楠，你怎么流泪了！？……"她注视着问他。

"不，没有！被风吹的。"他掩饰着说。

在太阳最后一抹余晖的笼罩下，他俩在来时的林间小路上走着，移动着，摇晃着，向回，向林场，向前方……

"浩楠，你又在想着什么呢？"走了一段路，她忍不住关切地问。

"哦，我在想明天……"他郑重低沉地说，"也许咱们都该认真冷静地重新审视一下生活，拷问一下自己了……"

渐渐地，一切都被浓浓的暮色湮没了。

翌日。太阳已升起很高。尽管由林场发往镇上的公共汽车晚点了一个小时，可她还是没有看到他的身影。她感到有些心灰意冷。迟疑片刻，她还是登上了公交车……

1995 年 1 月 21 日（草稿）

2019 年 5 月 13 日（定稿）

后　记

　　我的写作总体呈现慢热、纷繁、简朴的特点。慢热是从事写作数十载仍在初级阶段徘徊；纷繁是写作涉及公文、新闻、纪实、文学等写域；简朴是写出的成型能称为文学作品的寥寥无几。写作对我既是爱好，也是工作，更是事业与境界。

　　我写作的时空坐标，可上溯到 20 世纪 70 年代末 80 年代初，确切至曾经生活、上学、工作过的一个林场。如实讲，我最初的写作意识是由学生时期的作文而萌生的。1979 年秋季学期，我所就读的库亚林场学校开始更新校园内的黑板报内容。当时，我们初中一年级的班主任郭骥老师向学校黑板报"学习园地"推荐了我写的一篇作文，另一个班的班主任老师推荐的是本班杨姓女同学写的一篇作文。我猜想，也许是经过两位班主任一番"儒家说道家讲""斗智斗勇""舐犊情深"的辩论之后尘埃落定，我的作文"落榜"。记得，当年我写的作文是《春天》，篇幅不长，学生用的横格 16 开"大笔记"作业本不满一页。作文内容大概是写粉碎"四人帮"后，随着"全国科学大会"的召开，迎来科学春天、文艺春天的喜庆之情。作文中有些对主流社会的感想，也有幼稚的语言和口号式的句子。其实，这篇作文主要得益于班主任郭老师课堂上的启发指导。郭老师青少年时期生活在江苏省南京市的一个书香门第，1972 年他跟随下放的"旧知识分子"父亲从南京到大兴安岭当知青。1982 年落实政策后，他返城了。2017 年，郭老师来大兴安岭林区看望教过的学生时，我曾提及作文的事。他说："似乎没有清晰印象，淡忘了。"遇到好的老师是人生一种幸运。师德浩瀚，师容浩然，师恩浩荡。对此，我却没有忘，不能忘，不该忘，也不敢忘；并当面由衷地向郭老师表示感谢。当年，我的作文"落榜"属于认知、文法和情理范畴之中，无奇无怪无憾。"仁者见仁，智者见智"，"横看成岭侧成峰"。师者与作者的站位、视角、价值观、文化底蕴、审美尺度有异差。读者与评者的关注点和理想信念、生活观念、艺术理念、欣赏执念也不同。况且，思维深度、通透度、精确度不均等。回眸反思当年作文落榜"事件"，对我触动较大；初步激发了写作意识，即"小我"意识、"乡愁"意识、"初心"意识、"感恩"意识、"家国"意识。

大概是1980年春季，在克一河森工公司（原林业局）武装部同志的陪同下，一位解放军战士来到我们库亚林场学校做了一次"战斗英雄事迹宣讲报告"。他给我的印象很威武，很激昂，很震撼，令我崇敬，令我振奋，令我思索。

1981年春季起，我开始向报社投寄自认为是诗歌、随笔的稿件。当年，我所在的库亚林场有200余户居民，林场学校有400余名学生。从当年来看，久居距离森工公司（原林业局）35千米之遥，大山深处偏僻林场的一个初中淘学生从事"写作"的确就像天方夜谭。所以，我担心退稿会惊动学校、老师，或被同学嘲笑。况且老师曾形象打趣地描述我："像闰土似的，有些木讷……"于是，我就与一位同窗好友卢春明"合谋炮制"出了虚名"亚讯"，本意思是由库亚发出的消息。此后事实表明，这是掩耳盗铃的笨拙之举。但是，的确弄假成真，把"虚名"定格为"笔名"。无论何人或讥或捧地问"又写大作没？""写作没？"，我口中一概谦卑回答："写着玩的……"其实自己心中却坚信，写作是对人生对社会的钟爱、审视与升华，也是对文学艺术的正视、赤诚和敬畏，应属启蒙写作阶段。

1981年7月读完初中后，我当了一名"知青"。当时，正逢文化文学文艺复苏，全民读书学习热潮和改革浪潮涌起的历史佳期。时代赋予人光明，呼唤人心苏醒，催促人奋进。这似乎催生了"知青之我"的社会责任感与文学担当意识。青年无闲，青春无悔，青涩无痕。那时，每天上山干活劳动下班之余，坚持读书，储备了一些文学基础知识，并开始尝试写散文和小说。由此，进入了业余写作阶段。

1981 年 10 月 20 日和 11 月 18 日，我写的《迅速解决洗澡难问题》的建议函和散文《龙门风光》相继在《林海日报》发表。上述两篇"豆腐块"作品，是我的文稿首次印成铅字。1981 年至 1985 年期间，我阅读了《诗刊》《小说选刊》《人民文学》等多种文学期刊。还从报刊中整理出一些关于文学、哲学、社会和生活等方面的知识与励志类文章，剪贴或请同学誊写在 7 个塑料皮笔记本内，随时学习。这期间，既是聆听"战斗英雄事迹宣讲"的影响，也是拜读著名作家李存葆《高山下的花环》和著名作家蒋子龙《乔厂长上任记》等小说佳作的熏陶与启迪，我分别写作了军事题材的《老兵新兵轶事》、官场题材的《重力与引力之间》、改革题材的《成像在生活的网格里》等三篇小说习作。其中关于"改革"的作品，1984 年 8 月曾有幸得到《人民文学》老一辈编辑老师在信中予以勉肯与指导。这期间，一些同学不惜牺牲自己的业余时间，帮我誊抄稿件。每每回忆当时的情景，我都感动不已。1985 年至 1992 年期间，我曾参加了几次笔会，聆听过徐迟、柯蓝、峻青、张韧、乌热尔图、敖长福等著名作家的文学讲座，深受影响。这在《笔会纪事》中做了较详实记述。那期间，我写了几篇短作品，其中诗歌《思念》获得"第二届华夏青少年写作大赛优秀作品奖"。生活经历驱使，1995 年秋冬季，我写了纪实散文《一个父亲写给自己孩子的絮语》，后来发表在北京《婚姻与家庭》杂志 1996 年第 1 期（总第 122 期）；恰巧当年这期杂志发表了全国著名女作家毕淑敏撰写的小说《教授的戒指》。无疑，这对我的"文学梦"续航是一次难得的激励。

　　后来，我写的短篇小说《晚风》发表在内蒙古自治区文联主办的《草原》文学月刊 1996 年第 1 期（总第 378 期）。

　　1996 年 11 月至 2017 年期间，由于工作原因，时间和能力所限，我倾力于单位文件文案文稿的起草，把工作当作事业看待。由此，转入了以公文为主的写作阶段。

　　1996 年冬季，我初进克一河森工公司（原林业局）森林防火指挥部办公室，初履秘书文职，初识文件，也基本不懂公文写作。当时，连"工作总结"都写不规范，只能请教，只能优学，只能补拙。所幸，我遇到的分管森林防火工作的森工公司（原林业局）历任领导张学勤、曹起武、栗文涛、杨庆武、蒋成、高景瑞、赵忠林，以及防火办（应急事务处）历任负责人赵发吉、刘炳伟、黄金科、张效柱、于永海，不仅政治过硬，精通管理，担当作为，而且稳健睿智，平易近人，又较擅长公文审理，曾不厌其烦地为文件和汇报及讲话草稿定调把脉。在各级领导的精心指导敦促与森工公司（原林业局）党政办负责同志的耐心帮助下，我逐渐驾驭了森林防火公文写作。其中"工作汇报""北部原始林区驻防总结""慰问信"等分别得到森工公司（原林业局）时任党委书记（董事长）李宏林、党委副书记（总经理）曲作昌、组织部长房兴伟、工会主席褚丽萍、副总经理徐文珍和原任党委书记闫启安、原冉局长、原党委副书记于晓峰、原副总经理胡世德、原组织部干事赵旭平，以及宣传部姚宝军，党政办崔师堂、于树强，团委白道日娜、马超，防汛办程传峰、柴桂珍等领导的指导与鼓励。

2007 年 12 月和 2014 年 2 月，按照内蒙古森工集团（原林管局）森林防火指挥部办公室的相关部署，我有幸分别参加了《林区森林防扑火工作手册》《内蒙古大兴安岭林区林火规律与防范技术》两书的归纳梳理编写，并得到森工集团（原林管局）森林防火指挥部办公室（应急事务部、防火办）各位领导与同志的指导（历任主要领导薛文彪、张道斌、王伟、李绍鹏，以及副职领导吴玉柱、李涛、高景瑞、杜爱民、赵瑞廷等都堪称森林防火业界翘楚，且文笔颇佳，并经常亲力亲为编文案，拟制度，审材料，一直是我学习的榜样）。令人遗憾的是，上述两本书籍都没能按预期出版。但是，这两次经历，一定程度上在我心里播撒下了写一本"小书"的种子。2014 年春季，我在《林海日报》上读到记者李金田撰写的文章《给梦想一个交代》（关于自己对"出书"的感怀感慨），对我触动较大，并把此文剪下压在书房桌面玻璃板下。后来，这篇文章确实起到了感召、推波助澜的作用。

作为在大兴安岭广袤芬芳大地上跋涉、继往开来、默默笔耕的一位文字牧人，回顾历年来自己的写作实践，仅就业余文学写作时间而言，充其量累计动笔不足两年。在很长的时期，表面上我几乎搁舍搁置搁浅了业余文学写作。但是，我并非无痕，无动，无为，而是心灵上依然挚爱，感情上依然眷恋，视域上依然凝望。"把工作当成事业干""把文学束之高阁"的现实，于工作而言乐哉，于文学而言愧哉！我真真切切醒着苦着痛着，包着裹着藏着念着文学。虔思厚想，百感交集，万念归一。毕竟我对文学紧紧追崇，毕竟我对写作赤赤初心，毕竟我对缪斯心心念念。现在，我忐忑且欣慰地把"小书"呈现出来了。尽管这本"小书"中的作品几乎都是一些小文章、小故事、小现象、小亮点、小感悟、小境界、小理念，尽管其中有的不属于纯文学文艺作品，但是应属于文化文本范畴，力求真实性、趣味性、可读性、艺术性互映互渗互补。也许能做到"以小见大"，也许能一定程度让人见真，见善，见美，见忠，见孝，见仁，并感到清正，感到朴素，感到暖意。期待大家与"小书"产生小缘分、小关注、小相识、小默契、小温馨、小喜欢、小情结、小共鸣、小回眸。

我国宋代著名理学家周敦颐曾提出："文以载道。"近代伟大的文学家、思想家、革命家鲁迅先生说："文艺是国民精神所发的火光，同时也是引导国民精神的前途的灯火。"中国文联、中国作协主席、著名女作家铁凝褒扬地指出："文学是与人为善的事情。"人民艺术家王蒙认为："文学是生活的色彩，是生活的滋味，是生活的魅力，也是生活的声息……"我还会写作的，用心写，用情写，用力写。即使写不出大作品，即使用目光和心诵读着，即使用灵魂触摸着，我也不会与文学渐行渐远。

很久以来，仿佛总有一种声音召唤、激励、引导着我向前走。况且，也很想知道自己的灵魂到底能走多远。庆幸我们置身于国强民富、安居乐业、欣欣向荣、快速发展的社会主义中国。如今，我们已经步入了夙愿写作新阶段。让我们共同凝心聚力用笔、用电脑、用手机、用行动继续谱写新中国、新时代、新业绩、新生活、新未来。

在整理此书分散文稿的过程中，曾有几位同学、同事、朋友及亲属不厌其烦地帮助打字校对，付出了许多时间与辛苦，有的多次予以鞭策鼓励，表达对书籍的期许期望期待。在此表示真挚的感谢！让笔者特别惊喜与荣幸的是，经笔者信函恳请，原中国作家协会书记处书记、著名作家乌热尔图短信复函，同意将自己撰写的《呼伦贝尔文艺家名录》一书的"前言"作为本书"代序"。还得到了内蒙古知名作家、诗人、编辑丁永才老师，内蒙古知名作家马连军老师，克一河森工公司领导，以及出版社的大力帮助与指导，在此一并致以由衷敬意！